極上エリートに
身も心も絆されています

沢渡奈々子
Nanako Sawatari

Eternity

EB
エタニティ文庫

目次

極上エリートに身も心も絆されています

「立花《たちばな》さんすみません！　もらってきた領収書、水たまりに落とした上に人に踏まれて。一応乾かしたけど、見るも無惨《むざん》なことになっちゃいました……っ」

そう言われ、立花香澄《かすみ》の目の前に差し出された紙は、かろうじて領収書の体《てい》を成している程度の、ひどい有様だった。

それを香澄はニッコリと笑って、受け取る。

「あぁ、これなら大丈夫。金額も但《ただ》し書きも読めるもの。出張旅費と一緒に申請してね」

「よかったぁ～。いつもありがとうございます。……あ、これお土産《みやげ》です。みなさんに配っておいてください。それからこれは、立花さんに」

安堵《あんど》した様子の女性社員が、香澄のデスクに菓子折りと、それよりもやや小さな箱を置いた。

それは何種類かの佃煮《つくだに》が納められた贈答用の箱だ。

「あ、これ、すずき屋の佃煮《つくだに》詰め合わせじゃない。結構お高いよね」

「いつもお世話になってるんで、そのお礼ですっ。立花さん、細かい食べものが色々詰め合わせになってるの、好きですよね？」

「うん、好き好き。わーい、ありがとう。いただきます」

小さな箱を両手で包むように受け取り、香澄は頬ずりする。

――立花香澄、二十六歳。入社六年目のベテランＯＬだ。

短大卒業後、海堂《かいどう》エレクトロニクス技術研究所・桜浜《さくらはま》開発センターに事務職として入社した。それ以来ずっとサイバーセキュリティ研究開発部第一開発課の庶務を担当している。

社員のための事務仕事を一手に引き受ける日々はなかなか忙しいが、基本的に人と関わることは嫌いではないので、この仕事は自分に向いていると思う。

業務を滞《とどこお》りなく行えるよう社員を手助けするのも好きだし、自分なりに各方面に気を配っているためか、多くの社員が出張土産《みやげ》を買ってきてくれるのも嬉しい。

土産《みやげ》は皆一様に『食べ物の詰め合わせ』だ。

というのも、香澄の趣味が食べ歩きだからだった。食べ歩きといっても、なんでもいいわけではない。『美味《おい》しいものを、少しずつ、数多く』食べるのが好きなのだ。

だからレストランや居酒屋に行けば盛り合わせを注文するし、お弁当は幕の内か松花《しょうか》堂《どう》を頼む。おしゃれなビアホールでは、何種類かを少しずつ試せるビアフライトを飲むことにしている。

いろんな味をよくばりに楽しむのがいい。

そういう香澄の趣味を、ほとんどの社員が知っているのだ。

今日も自分好みの土産《みやげ》をもらった香澄は、それを机の引き出しに大事にしまった。

「立花さん、ちょっといい？」

ちょうどその時、上司である第一開発課長の品川《しながわ》が、少し離れたデスクから香澄を呼んだ。彼女はすぐに返事をして彼のもとへ行く。

「なんでしょうか？」

「シアトルの研究開発センターから一人、うちに異動になるんだ。来週のお盆明けから来る予定だから、机と備品の準備、転勤費用精算のサポートをお願い」

「承知しました。机はどちらになりますか？」

「立花さんの斜め前。ほら、坂本《さかもと》くんがいた席」

このセンターでは、各部署、八つの机が二列に並べられた状態が一つの島と認識されている。その島を見渡すような形でもう一つ机が置かれており、そこを管理職か庶務が使うことになっているのだ。

香澄の右斜め前にいた社員――坂本は先頃、名古屋に転勤になった。以来そこは空席になっていた。

「分かりました。机の掃除をして、必要な備品を置いておきます。それからスマホと……あと名前が分かるのであれば、名刺の手配もしますが」

「あ、名前ね。ネットワークに辞令がアップされてるはずだけど……。メールで送っておくから、よろしくね」

品川がそう言い、机の上に置かれたパソコンを立ち上げる。

香澄は会釈《えしゃく》し、自席に戻った。間もなく、ノートパソコンがメールの受信を告げる。品川からのメールだったので、彼女は添付されたファイルを開いた。表示された辞令には『碓氷圭介』という名前が載っている。

「んと……名前は、と。……ウスイケイスケ、って読むのかな。名刺の注文は読み方を聞いてからにしよう」

ひとりごとのようにブツブツと呟《つぶや》きながら、総務部に読み方確認のメールを送る。それから社内用スマートフォンや備品の手配を済ませた。

一通り終わったところで、給茶機から緑茶を入れる。一息つき、パソコンの画面を眺《なが》めていると、再びメール受信のサウンドが鳴った。

先ほど問い合わせた転勤者の情報が届いている。

「あ、やっぱりウスイケイスケでいいんだ。あとはスマホの番号が分かれば名刺注文できる。……ん？」

そこで香澄は、ふと疑問の声を上げる。

「碓氷圭介って……どこかで聞いたような……」

転勤者の名前に聞き覚えがあった。つい最近ではなく、何年か前に聞いた気がするのだ。

「うーん……どこでだったかなぁ」

部署が違うとはいえ同じ会社に属しているのだから、名前を耳にしたことがあっても不思議ではない。だが、どこか引っかかった。

しばらく考えるものの、思い出せない。

「……ま、いっか。本人を見たら思い出すかもしれないし」

香澄は、基本的に過ぎたことは忘れるようにしている。

日々の生活において、周囲から供給される情報は多すぎる。すべてを覚えてなどいられない。

そのため、どうでもいいことはあっという間に忘れてしまう。

仮にこの転勤者と過去に接触があったところで、忘れているということは、大して重要な出来事ではなかったのだろう。

そう判断した香澄は、仕事に集中することにした。

その日の昼休み。

「香澄、聞いた？　あの碓氷さんが一開《いちかい》に配属になるって」

香澄が社食から戻るや否や、隣の課にいる同期の藤田律子《ふじたりつこ》が席に来た。律子の物腰は落ち着いているが、目は異様に輝いている。ちなみに一開とは、香澄が所属している第一開発課のことだ。

「碓氷さん……あぁ、お盆明けから来る人ね。律子、知り合い？」

「うっそ、香澄知らないの？　碓氷王子を！　辞令を見たうちの課の女性陣は、みんなガッツポーズしてたわよ」

「へぇ～、そんなにカッコイイ人なんだ？」

「ちょっと香澄ったら、覚えてないの？　見たことあるはずなのに。時々、桜浜にも出張で来てたよ？」

いまいちピンと来ていない香澄に、律子が不満そうにくちびるを尖らせた。けれど香澄は特になんの感慨《かんがい》もなく、納得する。

（あぁ、だから名前に聞き覚えあったのか～）

出張でこのセンターに来たことがあるのなら、名前くらい耳にしていてもおかしくない。

ただ、それでも碓氷の顔を思い出せないでいると、律子が親切にも説明してくれた。

曰《いわ》く、異例の早さで本社から海外異動になった、とか。

曰《いわ》く、本当は三、四年かかるはずだった海外勤務のプロジェクトを二年半程度で終わらせた、とか。

曰《いわ》く、本人が桜浜開発センター勤務を希望した、とか。

どこから仕入れてきたのか、律子は碓氷の様々な情報を吹き込んでくる。香澄はそれを苦笑いで聞いた。

とある事情から、香澄は社内の男性にそれほど興味を持てないので、反応も薄いのだ。

しばらくして一通り語り終えた律子は、満足したのか一息ついた。

「――はぁ、いろいろ語ったら暑くなっちゃった。……っていうか香澄、よく長袖着てられるわね？　冷房きいてるとはいえ、今日は結構暑くない？」

律子は、香澄が着ているカーディガンの袖を指差す。

「大丈夫ー。むしろ少し寒いくらい。だって、ここ冷房直撃するんだもん」

香澄はかなりの寒がりだ。夏でも社内ではカーディガンなどの上着を欠かさない。

さすがにこの八月上旬の猛暑の中、通勤する時は、半袖、もしくは七分袖を着ているけれど、会社では年間を通してほぼ毎日長袖で過ごしている。

「確かにここは涼しいわ～。私がここに座りたいくらい」

律子が天井にある冷房の吹き出し口に手をかざした。

「それより律子、お盆は街田《まちだ》さんとハワイに行くんでしょ？　いいなぁ～、ハワイ」

彼女の話は終わったと判断した香澄は、パソコンを開いてログインしながら言う。

街田とは律子の彼氏の街田朔哉《さくや》のことだ。律子と同じ課に在籍している。

香澄の知る限り、もう三年のつきあいになるだろうか。来年には結婚する予定らしく、律子と街田はお盆休暇を利用してハワイに住んでいる街田の姉に会いに行くそうだ。

律子は、ぱっと明るい笑顔になる。

「お土産《みやげ》は任せて！」

「チョコレートかコナコーヒーの詰め合わせ、期待してる～」

その時、昼休みの終わりを告げるチャイムが鳴り、律子は自分の課へ戻っていった。

（律子も結婚かぁ……）

香澄はふっと物思いにふける。

律子は同期ではあるが、大学卒なので二歳年上だ。

配属当初こそ敬語を使っていたものの、律子が嫌がったので、以来気の置けないつきあいをしている。さっぱりとした性格でスマートな美人の彼女とは、同期の中では一番仲がよかった。

来年開かれるであろう彼女たちの披露宴では、新郎新婦二人を知る人物として早くもスピーチを頼まれている。もちろん喜んで引き受けた香澄は、どんなことを話してやろうかと今から考えていた。

そんな香澄自身はと言えば、残念ながら彼氏はいない。過去にはいたこともあるけれど、ここ三年ほどそういう存在はなかった。

浮いた話がないわけではない。律子や街田を通した合コンなどに参加してみて、連絡先を尋ねられたりもした。けれど結局おつきあいにまでは至らず。

ルックスはそう悪くないはずと、香澄自身は思っている。ものすごく美人というわけではないものの、つきあった人からであれば『可愛い』と言われたりもした。

肩より少し下まで伸ばした焦《こ》げ茶色の髪のトリートメントは欠かさないし、日焼け対策をきっちりしているので肌はきれいなほうだ。その他のパーツも、派手ではないが見られないことはない。

けれど『自分の一番のチャームポイントは?』——そう尋ねられて答えられるのは、手首のほくろだけだ。

左手首の内側にあるそれは、偶然にも三つきれいに横並びになっている。他人にアピールしてもそう嫌味ではなく、話のネタにもしやすい。実際、合コンでも話題にしたことがあった。

そんなふうにみだしなみや会話に気を使っていても、地味だからか、恋人はできなかった。

もっとも、焦っているかと言えば、そうでもない。そこが一番の問題だ。『いい人がいればいいなぁ……』程度の気持ちしか抱けない。

それどころか、最後につきあった男性が引き金となったトラブルを思い出すと、どうしても恋に臆病になってしまう。

今は、趣味の食べ歩きや友達と遊びに行くことが一番楽しかった。

＊＊＊

「――シアトル研究開発センターから異動になりました、碓氷圭介です。これからどうぞよろしくお願いいたします」

お盆休暇が明けたその日。碓氷圭介が、香澄のいる第一開発課へ姿を現した。

彼の笑顔は、周囲の女性社員を軒並《のきな》みとりこにする。

例年なら連休に一日二日有給をつけて休む女性が二人や三人いるものなのだが、今年は全員が出勤していた。しかも普段よりもどことなく彼女たちの化粧が濃い。

その上、他の部署の女性までもが、碓氷を見にフロアの出入り口へ集まっていた。

そわそわと色めき立っているのが、香澄にも伝わってくる。

（な、なんだ、その張り切りっぷりは……っ？）

いつもと変わらない出で立ちの香澄は、面食らった。

確かに碓氷は、律子が言っていた通り、そんじょそこらでは見かけないくらいの美形だ。

切れ長の目も、すっと通った鼻筋も、きれいなくちびるも、女性を魅了するに十分な要素を備《そな》えている。身長もスラリと高く、脚も長い。それに加えて仕事もできると評判なのだから、女性陣が張り切るのも無理はなかった。

それにしても――

「猛禽類《もうきんるい》女子が目をギラギラさせてるわね」

いつの間にか隣に来ていた律子が、香澄に耳打ちする。

「そ、そうだね……」

「香澄は普通だね～。草食系女子？」

「そ、そういうわけじゃないよ。でも……」

性格も分からない相手に張り切る趣味はないし、もう社内恋愛はしないと決めているから――心の中だけでそう呟《つぶや》く。

そして、挨拶を終えて管理職と話をしている碓氷の顔を、まじまじと見つめた。

彼の顔はどこかで見た覚えがある。

（どこで見たんだったかなぁ……）

きれいな横顔を見ながら、思わず首をひねる。

それから碓氷は、管理職に連れられて関係各所に挨拶へ行き、不在になった。

その間に香澄は総務部から受け取ってきた彼の社内用スマートフォンの番号を再確認し、名簿に記載する。必要最低限の備品を用意し、転勤関連の書類もクリアケースに入れて彼の机に置いた。名刺は今日の午後には届くはずだ。

これで、碓氷の転勤に関する今日の仕事はほぼ終了となる。

数十分後、ようやく戻ってきた碓氷は品川に案内され、自席へ着いた。

「あぁそうだ。うちの庶務さん紹介しておくね、碓氷くん。こちら、立花さん。事務手続きのことは彼女に聞くといいよ」

品川が碓氷に向かって香澄を指し示す。

香澄は立ち上がり、彼に頭を下げた。碓氷も彼女に向かって同じようにお辞儀をする。

「立花です。よろしくお願いします」

「碓氷です。こちらこそ、お世話になります」

香澄が顔を上げると、碓氷の目線は下へ送られていた。

彼女の長袖の手元を見つめられている気がする。この暑さの中、カーディガンを着ているのが珍しいのだろうか。

「あの、何か……？」

あまりにじっと見ているので思わず声をかけると、碓氷ははっとしたように視線を上げ、ニコリと笑った。

「いえ、なんでもないです。転勤手続きとか、いろいろお手伝いしてもらうと思いますが、よろしくお願いします」

そう言って目を細めた彼を見た時、香澄はデジャビュのようなものを感じた。

（うーん……やっぱり）

どこかで会った気がしてならない。少し古い記憶が頭の奥で燻《くすぶ》っている。

けれど、どうしても思い出せなかった。

（ま、いっか。多分、大したことじゃないだろうし）

そう結論づけた香澄は、自席の引き出しからスマートフォンを取り出し碓氷に差し出す。

「これ、碓氷さんの社用スマホです。番号は設定画面で確認できます」

「あぁ、ありがとうございます」

「名刺は今日中にお渡しできると思いますので」

「助かります。明日早々にメーカーとの打ち合わせが入っているんで」

碓氷は優等生の笑みを見せる。

それを見た周りの女性たちが、またうっとりとしていた。

その日、研究開発部の女性たちは、庶務でもないのに碓氷の世話を焼きたがり、課を越えて彼のもとへやってきた。

「分からないことがあったら言ってくださいね」

「よければ社食、ご一緒しませんか？」

「社内ご案内しましょうか？」

その声がいつもよりワントーン高いのは、香澄の気のせいではないだろう。

けれど、ハートがまとわりついたそんな誘いの数々を、彼はスマートに笑ってかわしていた。

「大丈夫です、ありがとう」

「同期が一緒にと誘ってくれてるので」

「何度も出張に来ているので、大体は分かっていますから」

そして、碓氷が異動してきた日は平和に終わっていった。

終業後、律子と街田に誘われた香澄は、ステーキハウスで二人と夕飯をともにした。

「わ、こんなにくれるの？　ありがと～」

律子からハワイ土産《みやげ》を手渡され、驚きと喜びの声を上げる。

その免税店の袋には、いろんなものが詰まっていた。彼女が希望した通り、チョコレートやコーヒーの詰め合わせ、化粧品やTシャツも入っている。

「俺と律子二人から、だから」

街田がビールを口にして笑った。

彼は碓氷ほどイケメンではないが、すっきりとした、優しい顔立ちをしている。見た目の通り、性格も基本的には穏《おだ》やかで優しい。しかも律子にぞっこんらしく、彼女に関しては決して妥協しない、固い意志を持っている男だそうだ。

土産《みやげ》を前に三人で盛り上がっているうちに、食事が運ばれてきた。

「お待たせしました」

テーブルに置かれたのは、さまざまな肉の部位のサイコロステーキと、エビフライやフライドチキンの盛り合わせだ。

これは店の裏メニューらしく、常連の街田が香澄のために注文してくれた。これとサラダとパスタを頼み、三人でシェアすることにしたのだ。

「わ、美味《おい》しそ！」

香澄が目を輝かせると、街田がそれぞれ取り分けてくれる。

「そういや碓氷も今日、社食でエビフライ食べてたよ。あいつ、揚げ物好きなんだよね」

皿にエビフライを載せながら、彼が言う。

「ああ。碓氷さんが言っていた、一緒にお昼食べる同期って、街田さんのことだったんですね！」

彼から皿を受け取りつつ、香澄は納得の声を上げた。

「そうそう。女の子の誘いを断る口実にされちゃってんの、俺」

「モテる人は大変ですよね」

律子も街田に取ってもらったものを食べつつ、会話に参加してくる。

「ねー……そういや碓氷さんって、お兄さんがアメリカで事業やってるらしいわ。お兄さんの奥さんがアメリカ人なんだってね」

「そんなこと誰に聞いたのよ、律子」

そう尋ねた後、香澄はサイコロステーキを口にする。そして思わず「美味《おい》し〜」と呟《つぶや》いた。

「あくまでも噂よ、噂」

街田がフライドチキンを割りながらくつくつと笑った。

「碓氷はあまり自分のことを話さないからなぁ。余計に噂が立つんだろう」

「あ、でも海外勤務のプロジェクトは三、四年かかるところだったのに、二年半で終わらせて帰ってきた、っていうのはマジよ。半年くらい前にどうしても帰りたい、って力業《ちからわざ》で業務をまとめて終了させたんだって、向こうの開発部の子が言ってたもの。何があったのか、香澄は気にならない？　朔哉、知ってる？」

ほうれん草のクリームパスタをフォークに絡ませた律子が尋ねる。

「俺もその辺りの事情は知らないんだよね。碓氷、ほんとに忙しかったみたいで、帰国するまでほとんど連絡来なかったし。ただ、向こうの上司が泣いて引き止めた、っていう噂は聞いたよ」

街田は、クスクスと笑い続けている。香澄は感心して息を一つ吐いた。

「律子と街田さんの情報網にはいつも驚かされるよ、ほんと……」

情報通というのはどこにでもいるが、香澄の周囲では律子と街田の二人の右に出る者はいない。

一体誰から仕入れてくるのか、びっくりするような噂話や情報を話してくれる。そして、そんな彼らの情報に助けられることが度々あった。

「こういうの得意なのよ、私。でも、香澄は香澄で才能があるわよ……庶務の。私は、ああいう全方位に気を配る仕事はできないわー。香澄だからスムーズに回ってるんだと思う、あの課の事務処理」

律子が肩をすくめる。

「ありがと、律子。……あ、このエビフライ美味《おい》しい！」

友人に褒められ嬉しくなった香澄は、フライをひとくち食べて思わず声を上げた。

「でしょ？　ここステーキハウスだけど、フライ系がうまいんだよ」

「ほんと、サクサクだし、エビがジューシー！　これは常連になってしまいそう」

この店は会社から少し離れた駅に存在しているので、香澄は訪れたことがなかった。

街田に連れられて今回、初めて来たのだ。

街田は美味《おい》しいレストランについても詳しく、有名グルメサイト並みの情報量を誇っている。

香澄はよくお世話になっては、裏メニューなどの恩恵に与《あずか》っていた。

「律子、これも美味《おい》しいよ」

街田が自分の皿にあったタラのフリッターを半分に切り、律子の皿に載せる。

「ありがと。……あ、ほんと、美味《おい》しい」

「ランチメニューだと、これのサンドイッチがあるんだよ。今度食べに来ようね。……っと、ん？　何？　香澄ちゃん」

香澄が二人を見てニヤニヤしていると、街田に声をかけられた。

「ふふふ。仲がいいなぁ、って思って。幸せそうですね」

「ありがとう。幸せだよ」

街田が律子と寄り添い、満面の笑みを湛《たた》えて告げた。

一番近くで二人を見てきた香澄は、心底安心する。そして、温かい気持ちで食事を進めていった。

「──美味《おい》しかったぁ。ここ気に入っちゃったから、今度また来ようっと。裏メニューは一人じゃ食べきれないから頼めないけど……」

盛り合わせを十分に堪能《たんのう》した後で、ひとりごとのように呟《つぶや》く。

「彼氏と一緒に来たらいいのよ、香澄」

律子がニヤリと笑う。

「……いないの知ってるくせに」

「作ればいいじゃない。香澄ならその気になればすぐできるわよ。……ねぇ？　朔哉」

香澄がくちびるを尖らせると、律子は街田に顔を向けた。

「そうだね。よかったら碓氷とつきあえばいい。あいつ今、フリーだよ」

その言葉に香澄は一瞬、目を丸くする。けれどすぐ、堪《こら》えきれずに噴き出した。

「やだ、なかなか面白い冗談言いますね、街田さん」

「冗談なんて言ってないのになぁ」

ジョークなど滅多に言わない街田の口から、非現実的な言葉が飛び出たせいで、香澄は笑いが止まらない。

「碓氷さんとおつきあいなんかしたら、周囲の嫉妬《しっと》の炎で黒焦《くろこ》げになりそう」

自分が飛び抜けて美人だとか、可愛いだとかであれば、嫉妬《しっと》なんてものともしないだろうが。

（いやいや、ないない）

香澄は自分が碓氷とつりあうルックスではないことをよく理解していた。それに——

「——あっはははは、確かに！　アレは露骨すぎよねぇ、みんな」

香澄の物思いを中断させ、ほのかに酔ったらしい律子が楽しそうに手を叩く。今日の女性社員たちの様子を思い出したようだ。

確かにみんな、見た目は可愛らしかったりきれいだったりしたが、闘争心を隠しきれていなかった。お互いを無言で威嚇《いかく》し合っていたのだ。

その女の戦いに、まかり間違っても巻き込まれたりするものか——香澄は今一度、堅く決意した。

もう二度と、あんな思いをしたくないから……

＊＊＊

香澄が律子と街田の二人と夕食をともにしてから、三日ほどが経った。

碓氷は香澄のフォローを受けて転勤の手続きを終え、桜浜での仕事にも慣れたようだ。相変わらず彼の周りにはハートマークを飛ばした女性社員たちが入れ替わり立ち替わりやってきては、あれやこれやと世話を焼こうとする。彼がそれをやんわりと断るのが見慣れた光景となった。

碓氷の爽《さわ》やかさたるや、そのまま清涼飲料水のCMに登場してもおかしくないほどだ。女性の誘いを断る時でさえ、嫌味のない、それでいて毅然《きぜん》とした態度を取っている。お陰で周囲の無用な嫉妬《しっと》や悪意をかき立てることは、ほとんどなかった。

そんな中、香澄は、あくまでも担当の庶務として碓氷の手助けをしている。それ以上でも以下でもなく、だ。

「立花さん、時間がある時にでもこれ、配っておいてくれる?」

ふいに、課長の品川が菓子折を渡してきた。

昨日、名古屋に出張に行っていたので、その土産《みやげ》なのだろう。大きな箱におせんべいがたくさん入っている。

「はい、分かりました。いつもありがとうございます」

「それからこれは立花さんに。こちらこそ、いつもありがとね」

机に置かれたのは、ういろうの箱だ。小さくはあるが、何種類もの味が詰め合わせになっている。

「わっ、わざわざすみません！　ありがとうございます、私、ういろう大好きなんです」

それは、社交辞令でもなんでもなく、香澄の心からの言葉だ。ういろうやすあまのような和菓子が大好きなので、思わず笑顔になる。

（お昼に律子と一緒に食べよう）

香澄はニコニコしながら恭《うやうや》しく受け取り、それを机の中へ入れた。

「それはよかった。——あ、そうだ。碓氷くん、来週の木曜日に東京でやるＩＴエキスポなんだけどさ。外国人向けの説明をする予定だった担当者が入院しちゃったらしくて。碓氷くんなら出展製品について詳しいし、英語も話せるから代わってもらえないか、って」

「来週の木曜ですか……はい、今のところ重要な予定はないので、私でよければ出席します」

ついでのように、品川が近くの席にいた碓氷に出張の打診をする。彼は手帳をパラパラとめくった後、そこに予定を書き込み始めた。

「あ、ほんと？　よかった。じゃあ担当管理職には連絡しておくよ。そっちから連絡あると思うからよろしくね」

毎年開催されるそのＩＴのイベントには、香澄の会社も製品を出展している。海外からも多数の参加者が訪れるので、英語や中国語などの外国語で応対できる社員は重宝《ちょうほう》されていた。

今年のイベントに出展する製品の一つは碓氷が関わったものなので、それに関しての説明を依頼されたようだ。

第一開発課の社員は過去にも説明員として参加したことがある。その時、香澄がサポートをしていたので、大体の勝手は分かっていた。

だから品川が碓氷にその話をした後すぐ、総務に連絡し、イベントの概要が記載された書類やスタッフ証などを依頼する。そして、碓氷にはオンラインでの参加者登録を促《うなが》すメールを送った。

翌日。必要書類が届いたので、香澄はメモ書きした付箋《ふせん》を貼りつけ、碓氷の机に置いておいた。

すると自席に戻った彼がそれを見て、声をかけてくる。

「立花さん、これありがとう。すごく分かりやすいメモをつけてくれて、助かります」

「あ……いいえ。不明な部分があれば遠慮なく聞いてください」

本当は本人に直接手渡して説明したほうがいい。けれど香澄は、彼が席に不在がちであるのをいいことに、書類やメモを机に置いて済ませることが多かった。

だからせめて、説明書きくらいはきちんと分かりやすくしておこうとしたまでのことだ。

お礼を言われると恐縮してしまう。

「付箋《ふせん》にほぼ書かれてるみたいだから大丈夫だと……あ、そうだ。仕事と関係ない話でごめん。今週、シアトルで同僚だったアメリカ人がこっちに出張で来るんだけど、お土産《みやげ》に持たせられる桜浜名物とかあるかな？」

「名物、ですか……桜浜は実は隠れたぶどうの産地だったりするので、お菓子がいろいろありますよ。ゼリーとかお饅頭《まんじゅう》とか。駅のお土産《みやげ》屋さんで手に入ります。あと、以前出張で来ていたアメリカの方が、抹茶《まっちゃ》とピスタチオのサブレが美味《おい》しいって言ってましたね。これも駅で買えます」

「あぁ……アメリカ人、抹茶《まっちゃ》好き多いからね」

「それから、桜浜名物ではないですが、唐辛子やわさびのおせんべいとか、おかきも意外に人気あるみたいです」

「そういやアメリカにもわさび味のお菓子とか売ってるな……そっか、ありがとう。さすがいろいろ知ってるね、立花さん」

「お役に立てればいいんですが。……私、ちょっと総務に用事があるので失礼しますね」

笑顔で会釈《えしゃく》をしてから、香澄は提出用の書類を持って席を離れる。

碓氷が配属されてから今日まで、むやみに彼に近寄らないようにしていた。何かを尋ねられた時は快く応じているが、自分から話しかけることはしない。一ヵ月も過ぎれば女性社員の碓氷熱は多少落ち着くだろう。それまではこの戦法でやり過ごすつもりでいる。

自意識過剰なのは分かっていたが、余計な騒動に巻き込まれたくないのだ。


こうして女性たちの嫉妬《しっと》を招く行為を避けつつ、碓氷が桜浜に慣れるようサポートし——彼が赴任してきて一週間ほどが経った。

お盆を過ぎたというのに、まだまだ盛夏にも似た暑さが続いている。

そんな最中、社内のエアコンが故障するという事態が起こった。不幸中の幸いだったのは、故障が社内全館ではなく、香澄の所属する課だけだったということだ。

課員は涼を求めて空調の効いている会議室や他部署の空きスペースなどに移動している。

香澄だけが、仕事柄あまり移動できず、自席にいた。

他部署の友人が卓上扇風機を貸してくれたので、それを置き、開けられる窓は開放している。

ただ、こんな状況では長袖など着ていられず、カーディガンを椅子の背もたれにかけていた。

「さすがに暑いや……」

軽く汗ばんだ香澄は、扇風機の風を顔に当てて大きく息を吐き出す。そこへ、ノートパソコンを抱えた碓氷がやってきた。

「立花さん、第三会議室に客が来ているから、お茶出してもらえるかな。四人分おねが――」

そう香澄に告げかけた途端、彼は動きを止める。どうやら彼女の手元を凝視しているようだ。

「あ、はい、分かりました。……？　碓氷さん、どうかしました？」

手を団扇《うちわ》代わりにして顔を扇《あお》ぎながら香澄は立ち上がり、動かない碓氷に首を傾《かし》げる。

「――っぱり、君だ」

「え？　……っ！」

なんと言われたのか分からなくて聞き返すと、腕をいきなり掴《つか》まれる。

「――見つけた、俺のシンデレラ……！」

「っ、な、なんですか……？」

碓氷は掴《つか》んだ彼女の腕をじっと見つめていた。どうやら左手首のほくろを見つめているらしい。

彼の視線には、どこか執念めいたものが見え隠れしている。

(何この人、怖い……！)

背筋に寒気が走り、香澄は思わず碓氷の手を振り払った。右手で左手首を隠すように握る。

「あのっ、第三会議室にお茶、ですよね!?　今、持っていきますからっ」

軽く会釈《えしゃく》し、逃げるようにそそくさとその場を走り去った。

「ったく……シンデレラって何……!?」

普段は眩《まぶ》しくなるほど爽《さわ》やかな雰囲気の碓氷から感じた重いオーラに、香澄はこの暑さの中、身体を震わせる。

しかし自分の職務は遂行しなければならない。

深呼吸を一回すると、職場の冷蔵庫から麦茶を出し、四人分用意した。

「うぅ……これ出しに行くのやだなぁ……」

会議室には碓氷もいるだろう。あんなふうに腕を振り払って逃げた後で顔を合わせるのは、気まずい。

それでも逃げ出すわけにはいかず、会議室へ向かう。

ドアの前で少し躊躇《ためら》った後、軽くノックをしてそっとドアを開けた。

「失礼します……」

小声でそう言って部屋へ入る。

首に来客用のタグをぶら下げた人物が二人、そして品川と碓氷がいた。香澄は小さく頭を下げ、各人にお茶を出す。

「……」

碓氷が香澄の所作――というより、手首をつぶさに見ているのを感じた。

緊張するのと同時にすごく恥ずかしくなった香澄は、お茶を出し終えさっさと会議室を出る。

「……疲れた」

直後、ドアを背にして、大きくため息をついた。

そして、急いで席に戻ると、暑いにもかかわらずカーディガンを着る。

自意識過剰かもしれないが、碓氷の目に留まらないようにするためだ。

それから数十分して、碓氷が再び自席に戻ってきた。香澄の服装を見て彼がクスリと笑っていたのは、おそらく気のせいではない。

(多分、他の誰かと間違えてるんだ……きっとそう、絶対そう!)

香澄は心の中で落ち着けと自分に言い聞かせた。

それから一時間ほど後、空調が直ったのと同時に課員が続々と部署へ戻ってくる。それにホッとして、彼女は長袖のまま庶務業務を続けたのだった。

昼間のことを忘れようと仕事に没頭し、その日、香澄は少しだけ残業をした。

帰る支度をしていると、社内用スマートフォンがテキストメッセージを受信する。

発信者は碓氷だ。

香澄はドキリというよりギクリとした。斜め前にいる彼にこれといったアクションはなく、普通に仕事をしている。

無視をするわけにもいかないので、香澄はとりあえずメッセージを開いた。

〝今日、これから時間ありますか？〟

メッセージにはそう書かれている。

(何!?　ちょっと怖いんだけど……！)

もう一度チラリと碓氷を見ると、心なしか口元が緩《ゆる》んでいる。と同時に、再びメッセージの受信音が鳴った。

〝仕事の件で相談したいことがあります。立花さんの好きなレストランでよいので、この後食事の時間を取ってもらえますか？〟

乗り気にはなれないが、『仕事の件で』と言われると、無下に断るわけにもいかない。

香澄は恐る恐るスマホを操作して返信した。

〝少しなら……〟

そんな書き出しで、先日律子たちに連れていってもらったステーキハウスを指定する。

あの店は会社から離れている上に、個室とまではいかないもののボックス席がある。

別々に行けば、会社の人間に碓氷と一緒にいるところを見られることはおそらくない。

〝了解です。その店なら知ってるので、俺の名前でボックス席予約しておきます〟

すぐにそう返信が来たかと思うと、彼は目配せもせずに立ち上がる。

「お先に失礼します」

金曜日なので食事に誘いたくて仕方がない女性陣が近づく中、それを無視する形でニッコリと笑い、さっさとフロアを後にした。

女性から誘われることが多いのであろう碓氷は、あしらい方が潔《いさぎよ》い。

（バッサリ切っていくなぁ……）

一連の流れを見て、香澄は思わず口元を引きつらせた。

少し時間を置いた後、香澄も荷物をまとめて「失礼しまーす」と挨拶をし、職場を出る。

彼女の自宅は会社から私鉄に乗って七駅ほど北に進んだ町にある。今日の目的地はその三駅ほど手前だ。

いつもは降りない駅で下車し、そこから徒歩で五分ほどのところに、碓氷と待ち合わせをしている『ステーキハウス・オオムラ』はあった。

扉を押し、顔を覗かせるようにして店に入っていく。

近くにいた店員に予約の旨《むね》を告げると、奥へ案内される。あまり目立たないボックス席で、すでに碓氷が待っていた。

香澄の姿を見た途端、ぱぁっと輝くような笑顔を見せる。

「お、お待たせしました……」

「急に誘って悪かったね、立花さん。来てくれてありがとう」

「いえ……」

ぺこりと頭を下げ、香澄は彼の前へ腰を下ろした。

「なんでも好きなもの頼んで。もちろん、俺が出すから」

「はぁ……」

メニューを差し出されたので、おずおずと開く。

(あ……そうだ)

そしてふと思い立ち、碓氷の顔を見た。

「碓氷さん、ちょっと注文したいものがあるんですが、一人じゃ食べきれないので、一緒に食べてもらっていいですか？」

「ん？　いいよ」

少ししてやってきた店員に、先日街田が頼んでくれた裏メニューの盛り合わせを注文する。

(せっかくまた注文できたんだし、食べる時くらいは楽しんでやるんだからっ)

相談ごとを聞く前に、食べたいものを食べてやろうと、香澄は気合を入れた。

すぐに出された盛り合わせは、やっぱりどれもこれも美味《おい》しそうだ。それを取り分けながら、彼女は口元が緩《ゆる》むのを抑えきれなかった。

「へぇ……一皿でいろんな肉が食べられるんだ。こんな裏メニューがあるなんて知らなかったなぁ」

碓氷が目を丸くして感心している。

「私もつい最近知ったんです。街田さんに教わったんですよ」

「えー。街田、俺には教えてくれなかった……友達なのに」

悔しそうにくちびるを尖らせる、そんな姿も様《さま》になるのだから、美形というものは得だ。

「同期なんですってね、碓氷さんと街田さん」

「そうだよ。同期の中で気が合う三人組でね、俺たち」

「三人……？　ってことはもう一人いるんですね。どなたなんですか？」

「第二開発課の織田《おだ》だよ」

「えっ、あの織田さんですか？」

香澄は驚きで目をぱちぱちと瞬《またた》かせた。

「そう、あの織田尚弥《なおや》。立花さん知ってるんだ？　あいつのこと」

織田は碓氷と並んで海堂エレクトロニクス技術研究所のイケメンと評される社内の有名人だ。隣の課に所属していることもあり、香澄も面識がある。

「そうだったんですね～」

「──っと、できたてが冷めちゃうな。食べようか」

「はい。いただきます」

香澄は手を合わせてから、皿に載ったエビフライを口に運ぶ。

「ん～、やっぱ美味《おい》しい～」

（サクサクの衣《ころも》にタルタルソースを絡めて食べるのがたまらない）

「ここのエビフライ、初めて食べるけど美味《おい》しいな。ステーキハウスなのにエビフライがうまいって、どういうことだ……」

碓氷が笑いながらエビフライに舌鼓《したつづみ》を打つ。

「あ、これも美味《おい》しい！」

彼が注文してシェアしてくれたイカのフリッターを口にした香澄も声を上げた。

「俺はここへ来ると、いつもそれを注文するんだ。気に入ってもらえてよかったよ……

それにしても」

　そう言った後に、碓氷がクスリと笑った。何か無作法でもあったのかと、香澄はドキリとする。

「な、なんですか……？」

「立花さん、なんでも美味《おい》しそうに食べるんだな。見ていて気持ちがいいくらい」

「あ……わ、たし、趣味が食べ歩き、で。こういうふうに、盛り合わせとか頼んで、いろんなものを食べるのが好きなんです。レストランを、はしごすることもあったりして……」

　香澄に好き嫌いは一切ない。大食いではないものの、出されたものはどれも口にしたいし、なんでも美味《おい》しくいただける自信がある。

　今もテーブルに載っているすべての料理を堪能《たんのう》していた。

　揚げ物からサラダやおつまみに至るまで、躊躇《ちゅうちょ》することなく口に運ぶ。

　もしこれが合コンの席であれば多少ネコをかぶるが、今日は別に取《と》り繕《つくろ》う必要がない。

　正直に自分の趣味のことを打ち明けると、碓氷がニッコリと笑った。

「これも美味《おい》しいから食べてみて」

　彼はたった今来たばかりのベイクドポテトを小皿に取り分け、香澄に差し出す。

「あ、はい。……美味《おい》しいです！　スパイスが効いてますね」

「だろ？　これも俺のオススメ。この店、本当にうまいよな。立花さんがここを指定してくれてよかった」

そして、邪気のない笑顔でそう言った。

（結構、いい人……かも）

街田の友人なのだから、悪い人間とは思えない。

彼がなんのために自分を呼び出したのか分からないというのに、早くも香澄の気は緩《ゆる》みかけていた。

食事が終わり、碓氷が香澄のためにこれまた裏メニューのデザートの盛り合わせを頼んでくれる。コーヒーゼリーやアイスクリーム、チーズケーキやフルーツなどが載っているプレートだ。

「わぁ、美味《おい》しそう……」

香澄は目を大きく見開いた。甘いものにも目がないため、もちろん別腹がスタンバイしている。

律子たちと来た時は食べなかったから、この店のデザートは初めてだ。

早速口にすると、どれも美味《おい》しい。

「ん～、幸せ」

チーズケーキを食べた彼女は、声を上げる。

「幸せそうだね」

「すっごく美味《おい》しいです。ステーキハウスなのにデザートも美味《おい》しいんですね、ここ。あー、ほんとに幸せ」

満面の笑みでそう言った時、ふと思い出したことがあった。

「あ、そういえば碓氷さん。相談があるって……」

フォークを置き、香澄は碓氷を見る。

彼は「あぁ」と呟《つぶや》き、申し訳なさげに謝罪を口にした。

「ごめん、実は仕事の話じゃないんだ。さっきはあんなふうにメッセージを送ったけど、そうでも言わないと時間を取ってもらえないと思って」

「はぁ……。で、お話って？」

「実は立花さんにお願いがあるんだ」

「なんでしょう？」

神妙な表情で切り出され、香澄は居住まいを正す。

「君の手首を見せてほしい。できれば触らせてほしいんだ」

「……はい!?」

何を言われているのか理解できずに、香澄はポカンと口を開いたまま固まる。対して碓氷は、それはそれはきれいな笑顔を見せた。

「もう一度言うよ。手首――君の手首が見たい。可能であれば触りたい」

「ど、どうしてですか……？」

理由を聞く資格はある。香澄は眉根を寄せたまま、碓氷を見つめた。睨《ね》めつけた、と言ったほうがいいかもしれない。

彼を見る目が瞬時にして胡乱《うろん》なものになっている。

すると碓氷が、大仰にため息をついてみせた。

同情を引くためだろうか。どこかわざとらしさを感じる。

「俺ね……重度の手首フェチなんだよ。女性の身体でまず見てしまうのが手首、っていうくらいに」

「……」

香澄はいきなりの性癖告白に呆然とするしかない。

口を閉じるのを忘れ、目の前の男を凝視した。

曰《いわ》く、碓氷は手首フェチではあるけれど、誰のでもいいわけではない。彼の中には『理想の手首』というものが存在しているそうだ。

「――ただ、今までそんな手首の持ち主には出逢えたことがなかったんだ」

（ん？　〝今までなかった〟――過去形、ってことは……）

彼の発言に、香澄ははたと気づく。

「……もしかして――」

「そう、そのもしかして、だよ。こんな近くに理想の手首の持ち主がいたなんて、神様っているもんなんだね」

（わ、私が理想の手首の持ち主ってこと～⁉）

混乱を極めている彼女をよそに、碓氷は優雅な所作で食後のコーヒーを口にしている。

香澄もひとまず気持ちを落ち着かせるために、デザートと一緒に頼んだアイスティーをひとくち飲んだ。ほぅ、と息をつき、チラリと目の前の碓氷を覗き見る。

彼は笑顔に爽《さわ》やかさを増して、彼女の反応を待っているようだ。

「……あの」

「何？」

「……そんなに簡単にそういうこと話しちゃっていいんですか？　もし私が、今聞いたお話を会社でバラしたらどうするつもりなんです？」

わずかな沈黙の後、香澄は意地悪な言葉を投げかけた。すると彼は、さらに意味深な口調で意外なことを言い出す。

「立花さんって……俺のこと、避けてるだろ」

「え……？」

「最初は嫌われてるのかなぁ、と思ったけど、とげとげしい雰囲気は感じられない。でもやっぱり、他の社員には手渡しするのに、俺の書類はいない間に机に置かれてたりする。ただ、貼られてる付箋《ふせん》には親切に説明をぎっしり書いてくれてた。それで思ったんだ。あぁ、これは他の女性社員の手前、俺に接触しないようにしてるのかな、って」

「あ……」

避けていることがバレていただけでなく、行動理由まで見透かされている。香澄は少し恥ずかしくなった。

視線を下に向ける。

「立花さんのそういうところとか……それからここ一週間の仕事ぶりや他の社員への接し方を見てきた。君は他人のプライバシーを安易に吹聴《ふいちょう》するような女性じゃない。……違う？　こう見えて俺、人を見る目はあるつもり」

もちろん香澄に、碓氷の性癖について他言するつもりなんて毛頭ない。それもお見通しだったのかと思うと、恥ずかしさがさらに増した。

「……まぁ、言いませんけど」

碓氷に手首とはいえ執着されているなんて会社の女性社員に知られたら、彼の評判が下がる以前に自分がどんな目に遭うか分からない。元々言えるはずなんてないのだ。

「――とまぁ、そんなわけで……どうかな？」

「どうかな、って？」

「俺に君の手首を触らせる気、ない？」

「っ、そういえば……少年漫画でそういう悪役、いませんでしたっけ……？」

香澄は以前、律子の弟に借りて読んだ漫画を思い出した。それに出てくるラスボスが、きれいな女性の手に異様な執着を持っているキャラクターだったのだ。読んだ時には背筋がゾゾゾッとなった。

それと同じような寒気を今この瞬間、感じ始めている。

碓氷が爽《さわ》やかさをまとったままでいるのが、ことさら寒々しさを演出していた。

「あぁ、アレね～。読んだことあるけど、さすがにあそこまではね……」

どうやら碓氷もその作品を知っているようだ。香澄の話を聞いて、苦笑しながら肩をすくめる。

「……私の手首の、どこがいいんですか？」

「太くなく、極端に細すぎもせず、筋の伸び具合とか骨の出っ張りとかが理想的。何より、そのほくろ。三つきれいに並んでるっていうのが、本当に稀少。ほら、泣きぼくろが好きな人っているだろ？　俺は手首のほくろが好きなんだよね」

（まったく理解できない……）

香澄は自分の手首をまじまじと見つめた。

確かに手首のほくろを話のネタにすることはあるけれど、自分がそこに何かを感じるかと言えば、それは決してない。

「ほんとに……君の手首はたまらない……」

香澄の手首に視線を向けたまま、碓氷がうっそりと呟《つぶや》いた。その表情は、見たこともないくらいにとろけている。

（ひぃ〜っ）

背筋に悪寒《おかん》を感じた香澄は、ガタッと音を立てて立ち上がった。

「あのっ、し、失礼しますっ。……ごちそうさまでした！」

深々と頭を下げ、隣に置いてあったバッグを掴《つか》むと、その場を逃げ出す。

（危ない……！　あの人、危ないよ……！）

店を出てまっすぐ駅に行き、電車で自宅へ向かった。

一人暮らしのアパートは、最寄りの北名吉《きたなよし》駅から歩いて十五分ほどのところにある。

香澄は部屋に入って、ほぅと息をついた。ようやく肩の力が抜ける。

「碓氷さんが……あんな変態チックな人だったなんて……。いい人だなぁ……って、ちょっと思ったのに……」

香澄はガックリと肩を落とした。

眉目秀麗《びもくしゅうれい》、仕事の能力にも秀でているという完璧な男性なのに、重度の手首フェチだとは——衝撃的な事実だ。

しかも香澄の手首を理想だと言い放った。

喜んでいいのか悲しんでいいのか、複雑な気持ちだ。

いずれにしても関わらないのが賢明だ、と彼女は思う。

これ以上彼に近づけば周囲の要らぬ嫉妬《しっと》を買うことが、火を見るよりも明らか。やっかいごとを背負い込むのはごめんだ。

いきなり退席してしまった謝罪と、ごちそうになったお礼は、明日伝えればいいだろう。

彼のプライベートの連絡先など知らないので、今夜中に伝えるのは不可能だ。

「突然あんなこと言われたんだから、失礼はお互いさまよね」

香澄は自分にそう言い聞かせた。

＊＊＊

「おはよう、立花さん。偶然だね」

翌日。朝の北名吉駅に着いた途端、香澄は後ろから肩を叩かれた。

彼女はいつも音楽を聴きながら通勤している。他人に迷惑をかけない程度のボリュームに抑えているつもりだが、普通に声をかけられただけでは気づかなかったのかもしれない。

びっくりして振り返ると、そこには碓氷がいた。

ギョッとしながら、香澄はイヤホンを外す。

「う、碓氷さん……おはようございます……」

(ま、まさかストー――)

待ち伏せをされていたのかと、口元を引きつらせた。

けれど碓氷は、ほんの少しだけ驚いたような声音で言葉を継ぐ。

「俺のいつも乗る駅、本当は日月《ひづき》なんだけど、今日たまたまここに用事があって寄ってたんだ。立花さんは北名吉に住んでるんだね」

彼は隣の駅名を挙げて、偶然を喜んでいるみたいな嬉しそうな表情をした。

(あ、そうなんだ……そうだよね。私住んでるところ教えてないし……)

安堵《あんど》感と自意識過剰に対する軽い自己嫌悪が、香澄の心の中で入り乱れる。複雑な気持ちを抱きつつ改札に向かうと、碓氷が隣に並んできた。

「あ、の……昨日はごちそうさまでした。すみません、いきなり帰ってしまって……」

「いいんだ。俺がいきなりあんなことお願いしちゃったんだから。……で、どう？　考えてくれた？」

自動改札を通った後、再び隣に来た彼は、香澄の顔を覗き込む。彼女は慌ててかぶりを振った。

「え、む、無理です……っ」

「嫌なの？」

断られたのが意外だ、とでも言いたげにそう尋ねられ、香澄は軽く眉根を寄せる。

「嫌じゃない人がいると思います？」

「えー。今まで断られたことなかったけどなぁ」

碓氷は過去にも何度か、理想に近い手首を持つ女性に同じことを頼んだ経験があるらしい。

断られたことはなく、彼女たちはむしろ喜んで手首を提供してくれたという。

碓氷に想いを寄せる女性なら、それを受け入れるかもしれない。

（そりゃあ……）

断って嫌われたくはないだろうし、彼に触れられるならと喜んで手を差し出した女性もいたに違いなかった。

でも、香澄は碓氷が好きではない。

嫌いというわけでもないが、そもそも好き嫌いを語れるほど彼を知らないのだ。

昨夜はむしろ、彼の性癖を聞かされてドン引きした。

だから断ることで彼にどう思われようが、かまわない。

ホームに着くとちょうど電車が来たので、二人で乗り込む。碓氷は当然のように香澄の隣に立ち、小声で彼女に話しかけた。

「もちろんタダで、とは言わないよ？　お礼はするつもり」

「いやいやいや、何かもらっても無理ですから」

「そう？　うーん……困ったなぁ……」

(困ってるのは、こっちだからー！)

苦笑いする様子ですら、碓氷はとても爽《さわ》やかだ。香澄は拒否している自分が悪いような気になり、まいってしまう。

「……ところで、立花さんって、街田の彼女の律子ちゃんと仲がいいんだって？　昨日、街田から聞いたんだけど」

これ以上電車の中でする話ではないと踏んだのだろう、彼が話題を変えた。

「仲よくしてもらってます」

「立花さんは？　彼氏いるの？」

「……いません」

「そっかそっか、よかった」

「っ!?」

一瞬ドキッとしてしまった自分が情けない、と香澄は内心で悔しがる。どうせそれに続く言葉は分かっているのに。

「だって、さすがに彼氏いる子に、あんなこと頼めないからさ」

（やっぱり……）

予想通りの言葉に、苦笑いした。普通、あんなことを頼む前に聞くだろうとも思ったが、口にはしない。

「そう言う碓氷さんは、彼女いるんですか？」

先日、街田が『碓氷はフリーだ』と言っていた気がするが、あえて尋ねる。

「ん？　今はいないよ」

「ですよねー。さすがに彼女いる人が、他の女性にあんなこと頼めませんよねー」

少しばかり意地悪い表情で碓氷の言葉を真似て、そう言ってみた。

「あははは。だよね」

碓氷は平然とした顔で返し、それからは、世間話と会社の話をした。

そうして電車が桜浜の駅に着く。ホームから改札に向かって二人で歩いている時、後ろから声が聞こえた。

「碓氷さん！」

振り返ると、同じ部署の須永美里《すながみさと》がいた。彼女は、人混みに身体をねじ込むようにして碓氷の隣に陣取る。

碓氷に熱を上げる女性社員の中でも特に力が入っているように見える彼女は、ふわふわと可愛らしい容姿で、男性受けするタイプだ。元々身だしなみに気を使っている女性ではあるのだが、彼が赴任してきてからはおしゃれに一段と磨きがかかっている。男性社員からの人気がある彼女だからこそ、碓氷の美貌に臆することなくアプローチしていけるに違いない。

「あぁ、おはようございます」

「立花さんもおはようございます！」

「あ、おはよう」

須永は香澄より入社は二年後輩なのだが、四大卒なので年齢自体は同じだ。可愛らしい見た目に似合わず、性格は少々きつい。

今も爽《さわ》やかに挨拶をしてきたものの、香澄に向ける視線には敵意めいたものを宿らせていた。

（こういうことになるから……！）

香澄は軽く唇を噛む。

碓氷との距離が近くなるということは、それだけ彼を慕《した》っている女性に睨《にら》まれる確率が高くなる危険性を秘めているのだ。

「碓氷さんは、今日は立花さんとご一緒だったんですか？」

須永が大きな目を見開き、探るように尋ねてくる。

「電車でたまたま会ったんで、仕事の話をしてたんです。……ね？　立花さん」

「は、はい……っ」

同じ駅から乗ってきたなどと言えば、変に勘ぐられるかもしれない。それに碓氷も自分の住居の情報を安易に提供したくはないのだろう。

彼はあくまでも車内でばったり会ったという体《てい》で話をしていた。香澄にとっても、それはありがたい。

内心ホッとしつつ、香澄は人混みを利用してさりげなく碓氷と須永から離れる。

そして会社に向かって歩きながら、ふと気づいた。

（――でも私には日月に住んでるって言ってたなぁ、さっき）

須永にはぼかしていたけれど、香澄には隣の駅を利用しているとはっきり言った。

昨夜食事をした時、彼は、香澄を口が堅い女性だと認識していると発言をしている。

そのせいかもしれない。

あんな性癖を暴露するくらいだ。住んでいる場所をバラす程度どうってことないと思っているに違いなかった。

（ともかく、昨日碓氷さんが話していたことは、誰にも言わないようにしなきゃ）

これは彼のためなどではなく、自分のためだ。

女の争いに巻き込まれたくないがゆえの自己防衛。

取り戻した平穏な生活を、二度と乱したくはない。

やっぱり碓氷には極力近づかないようにしよう――香澄は改めてそう誓った。


「……」


その日の終業後。社用スマホのディスプレイを眺《なが》めながら、香澄はため息をついた。

〝昨日の件、承諾していただけたら嬉しいです〟

香澄の堅い決意を嘲笑《あざわら》うかのように、碓氷がメッセージを送ってきた。すぐ目の前に座っているのに、だ。

当の本人は香澄に目を向けることなく平然と自席で仕事をしている。

〝申し訳ありません〟

それだけ返信する。

〝どうしても？〟

今度はそう返ってきた。

〝どうしてもです〟と打って返信しようとすると、須永をはじめとした女性社員が数名、碓氷のもとへ駆け寄っていくのが見えた。

香澄は慌てて文面を消し、スマホを伏せる。

「碓氷さん、この後飲みに行きませんか？　素敵なお店見つけたんですよ」

「あー……すみません、嬉しいお誘いなんですけど、今、家族がこっちに来ているので、都合が悪いんです」

碓氷が眉尻を下げつつ須永の誘いを断るが、彼女は控えめな口調で食い下がった。

「それじゃ、もしよければご家族もご一緒にどうですか？」

「親戚の集まりとかいろいろあるので、すみません。また今度誘ってください」

碓氷は愛想よく笑うと、手早く荷物をまとめて「お先に失礼します」と周囲に告げ、職場を後にした。

「碓氷さん、なかなかつきあってくれないよねぇ」

「ほんとは彼女いるんじゃない？」

「嘘、いないって聞いたよ？」

「それって本人から？」

「違うけど……」

女性たちが、口々に言いながら残念そうに去っていく。

碓氷は嫌な顔一つしていなかった。毎日のように誰かしらから誘われているというのに、すべてに誠実に対応している。

よく切れずにいられるなぁと、香澄は感心した。

（モテるっていうのは大変だ……）

やれやれと肩をすくめ、帰り支度をする。会社を出て電車に乗り、北名吉で降りた。

すると、改札口を出たところで、碓氷に肩を叩かれる。

「立花さん」

「碓氷さん？」

「やっぱり会えた」

香澄はイヤホンを外して応対した。

「え……もしかして、私を待ってたんですか？　ご家族と約束があったんじゃ……？」

「あぁ、家族が来てる、っていうのは嘘」

碓氷が悪戯《いたずら》っぽく笑った。

家族をだしに使えば、引き下がってくれると思ったと言う。

「それでも食い下がってくる子もいるんだね。女性ってすごいな」

「はぁ……」

もっともらしい態度と言葉で女性たちに弁解していたから、香澄はすっかり彼の言葉を信じていた。

（断り慣れているなぁ……）

素直に感心する。

そうできるようになるまでには、いろいろと苦労があったのかもしれない。

碓氷の表情を見ていたら、なんとなくそう思った。

「まぁでも、家族――というか親戚と約束があったのは、ほんと。従兄《いとこ》が北名吉に住んでるんだ」

「そうなんですか」

「あぁ。だから、従兄《いとこ》の家に行く前に、立花さんにもう一度お願いしておこうと思って」

そう言って、彼が首をちょこんと傾《かし》げる。可愛さを演出しているらしい。

「え……だから無理ですって」

「別に裸を見せて、って言ってるわけじゃないのに」

「あの……もう、その発言の時点でセクハラですからね」

「あははは、そういえばそうだな。……でもね、こう見えて俺も必死なんだ。諦めるつもりはないよ」

セクハラだと認めたものの、彼は怯《ひる》む様子もなく堂々と言い放つ。宣言通り、引き下がるつもりはなさそうだ。

「そんなこと言われても……」

香澄は言葉尻を濁してうつむいた。

ここで「それじゃあ、仕方がないので触ってもいいですよ！」なんて言えるはずがない。

「ともかく、もう一度よく考えてほしい。……じゃあ」

そんな彼女の肩をポン、と叩き、碓氷がきびすを返す。

「あ、う、碓氷さん……！」

「よろしく！」

笑顔で香澄に手を振り、走っていった。

その後ろ姿までもが、実に清々《すがすが》しい。

「うぅ……」

（まったく、涼しげな顔でなんてこと頼んでいくのよ～！）

香澄は困って頬をふくらませたのだった。

それからも、碓氷は何かと香澄に接触してきた。

会社でメッセージを送ってきたり、出張精算書に貼りつけた付箋《ふせん》に「例の件、お願いします」と書いてみたり、自席でパソコンとにらめっこしたまま「どうしたらＯＫもらえるのかな……」と、聞こえよがしに呟《つぶや》いてみたりする。

さりげなく、それでいて確実に香澄の目や耳に入る形で訴えてくるのだ。

その度に彼女は断ったり無視したりするのだが、めげる彼ではない。

そんな一連のやり方に困らされてはいるものの、香澄の中で碓氷の株が少しだけ上がっていた。

というのも、彼のアプローチはすべて周囲の目につかない形で行われているからだ。

誰に見られることも聞かれることもなく、ほぼ水面下で接触してくる。エンカウントするのは、必ず北名吉駅近辺だ。

これは碓氷が彼女を気遣ってくれてのことなのだろうと分かっていた。

開発センターでもかなり目立つ存在である彼が堂々と香澄に言い寄ろうものなら、彼女は女性社員の嫉妬《しっと》の的になる。

そういった自分の影響力の大きさを、彼は十二分に理解している。

「気を使ってくれてるのか、強引なのか、よく分からない……」

香澄はぽつりと呟《つぶや》く。

そして、彼女の手首に対する碓氷の執着はかなりのものらしい。

ある日彼は、ついにワイルドカード級の条件を提示してきたのだった。

「——香澄ちゃん、今日こそ返事を聞かせてもらうから」

「返事ならとっくにしてます……っていうか、どうして名前で呼ぶんですか？」

「ここ一週間でだいぶ親しくなった感ない？　俺ら」

「そうでしょうか」

　あれから一週間が経った週末。香澄は大事な話があると碓氷に言われ、北名吉駅で待ち合わせさせられた。

　二人は、駅前から少し奥まったところにある、会社の人間には出くわしそうもないクラシックな雰囲気のカフェに入る。

　向かい合わせに座り、香澄はカフェオレを、碓氷はブラックコーヒーを頼んだ。

「まぁそんなことはどうでもいいや。香澄ちゃん、君さ、ジョアン・マッキーのファンだよな」

　碓氷のいきなりの言葉に、香澄はびっくりする。

「えっ、ど、どうしてご存じなんですか⁉」

　ジョアン・マッキーとは、今、アメリカで人気のある女性シンガーだ。ポップスからカントリーまで幅広いジャンルを歌い、出す曲出す曲、ほとんどがチャートインしている。

　年齢は三十歳ほどで、可愛らしい雰囲気と素晴らしいプロポーションを誇る美女でもあった。

「秘密。でも香澄ちゃん、いつもジョアンの曲聴いて通勤してるよね。一、二度音漏れしてるの聞こえてきた。だからファンなんだろうな、って」

音漏れには気をつけていたはずだが、十分ではなかったようだ。碓氷に聞かれていたことに、香澄は少し恥ずかしくなった。

「はい、ジョアン大好きです。CDもライブのブルーレイも全部持ってます」

彼の言う通り、香澄はジョアンの大ファンだ。デビューの頃から好きだったので、かなり年季の入ったファンと言える。通勤時のおともは大抵ジョアンの曲だ。

「そのジョアン・マッキーのサイン入りCDをあげるって言ったら、俺のお願い聞いてくれる？」

「え？」

「アメリカにいた頃の知り合いに、ジョアンの親戚がいるんだ。そいつに頼めば、きっとサインがもらえるから」

「え、っと……あの……え？」

香澄は困惑していた。いきなりジョアンの話を振られたかと思うと、サインがもらえるかもしれないという展開になっている。

（ど、どうしよう……）

手首を献上するのは怖かった。けれどジョアンのサインは、喉から手が出るほど欲しい。

これぞジレンマ、といった状況だ。

「とりあえず、これ見てくれる？」

躊躇《ためら》う香澄を前にして、碓氷が自分のスマートフォンを操作し、テーブルの上に置く。

「こ、れ……」

そこには、写真が表示されていた。碓氷とジョアンが並んで写っているものだ。

「本物だから」

彼が言う通り、それはどう見ても合成などではない、本物のツーショット写真で……。しかもジョアン自身の自撮りのようだった。

美形二人が並んで写っているその様子は、とても眩《まぶ》しい。

（ほ、ほんとに、ジョアンだ……すごい……）

香澄は食い入るように画像を見つめた。

「ちゃんとサインが本物だって証明もできるから、安心して」

顔を上げると、ニッコリと笑う碓氷がいる。

香澄の心情を知ってか知らずか――いや、完全に把握しているのだろう。彼の表情には余裕が滲《にじ》んでいた。

「っ」

なんだか憎たらしくなり、香澄は思わず目の前のイケメンを睨《にら》んでしまう。その恨みがましい視線をものともせずに、彼は優美な笑みで彼女の答えを待っていた。

「イエスと言ってくれたら、すぐにでも手配する。……ジョアンのサイン」

「うぅ……」

あれほど堅かった香澄の拒否感は、雑に積んだ積み木のようにグラグラになる。今にも崩壊しそうだ。

「To Kasumiって、名前も入れてもらえると思うんだよな……俺が頼めば」

「っ！」

その瞬間、頭の中の積み木がガラガラと崩れ落ちるのを、香澄は感じた。

「わっ、分かりました……っ」

大好きなジョアンのサインが手に入るなら、自分の手首など差し出そう。甘い誘惑に負けた彼女は、今ここで、悟りを開いた。

「っし！」

ガックリとうなだれる彼女とは正反対に、碓氷は小さくそう叫び、ガッツポーズをする。

「負けた……ジョアンに負けた……」

「負けてないよ。むしろ大勝利だ——香澄ちゃんも俺も、ね」

今まで見たこともないくらいに彼は上機嫌だ。香澄は、ははは、と引きつった笑みを浮かべた。

「まぁ……イエスと言ったからには、碓氷さんの頼みは聞きます」

「じゃあ、早速ジョアンのサイン入りＣＤの手配をしておくよ。今日はこれで帰ろう。家まで送るよ」

碓氷がテーブルの上の伝票を手に立ち上がり、会計を済ませた。香澄は自分の分を支払おうとしたのだが、やんわりと断られる。

「俺の頼みを聞いてくれたから……お礼、というには安すぎるけど」

彼はそう言って笑った。

並んで歩いて香澄のアパートまで来ると、碓氷は彼自身のスマートフォンを取り出す。

「今さらだけど、プライベートの連絡先、交換してくれる？」

これまでは会社のスマホにメッセージが送られてきていた。

今後は個人的なやりとりが続くだろう。さすがに、それを社用スマホでやるわけにはいかない。

それは香澄にも分かっていた。

「あ……はい」

彼女も自分のスマホをバッグから出すと、メッセージアプリのＩＤを交換する。

「じゃあ、ＣＤが来たら連絡するから」

「は、はい」

「お疲れさまでした」

優しい笑みを残し、碓氷は帰っていく。

香澄はその後ろ姿を見送った後、メッセージアプリに登録された碓氷のＩＤを眺《なが》めて、ため息をついた。

（あーあ。ついにあの人の世界に足を踏み入れてしまったなぁ……）

身の回りが慌ただしくならなきゃいいなと、祈ったのだった。

＊＊＊

碓氷からデートの誘いが来たのは、香澄が陥落した日から数日過ぎた頃だった。

〝ＣＤは今手配しているよ。けどその前に、俺のことをもっと知ってほしい。手首フェチなのはともかくとして、俺自身は決して怪しい人間じゃないから〟

週末は空いているかと尋ねられ、香澄は迷う。

（えー……どうしよう……）

彼との過剰な接触は、できることならしたくない。

二人の関係が職場でバレる危険をおかしたくなかった。けれど、頑《かたく》なに拒否し続けるのも、どうかと思う。

（一回くらいなら大丈夫かな……）

〝分かりました。土曜日は空いてます〟

数呼吸おいてから、そう返事した。

〝よかった。じゃあ土曜日の十時に北名吉駅の改札で待ち合わせしよう〟

碓氷とのやりとりが終わった後、香澄は律子に電話する。今回のことを報告するためだ。

もちろん、彼の性癖については黙っているが、万が一にも社内で二人のことが噂になった時、律子と街田が事情を知っていれば、ごまかしてもらえるかもしれないという思いもあった。

『ちょっと香澄、いつの間に碓氷さんとそんなことになってたのよ⁉』

香澄が一通り話し終えると、律子が驚きの声を上げた。

「そんなこと、って、別に何もないから。ちょっと頼みごとをされた、それだけだよ」

『頼みごとって何よ？』

「それは私の口からは言えないけど……でも、そういうんじゃないからね」

そして香澄はもしもの時のために、律子たちに味方になってもらえないか頼む。

『それなら任せて。朔哉と碓氷さん、同期だしね』

「いろいろお願いね」

『は～い。……この件は朔哉にも言っちゃっていいのよね？　っていうか、碓氷さんがもう朔哉に話してたりして』

それから五分ほど別の話をして、二人は通話を終えた。電話を切ったすぐ後に、律子からメッセージが届く。

〝もういっそのこと、このまま碓氷さんとつきあっちゃえばいいのに〟

にやけ顔の絵文字とともに送られてきたその文言を見て、香澄は脱力した。

「電話で言わないところが律子らしいや……」

＊＊＊

「――お待たせしました、すみません」

「いや、俺も今来たところ。じゃあ行こうか」

土曜日。香澄が十時前に駅に着くと、すでに碓氷が待ち合わせ場所に立っていた。

シックな服装なのに、やっぱり爽《さわ》やかな雰囲気をしているのが不思議だ。

（イケメンは何を着ても似合うなぁ……）

香澄は素直に感心する。

そして、二人は改札を通り、ホームへ向かった。

「どこへ行くんですか？」

「鷺《さぎ》の蔵《くら》に行こうと思ってるんだけど……ダメかな？」

「そんなことないです。私、鷺の蔵は昔行ったきりなんで、行きたいです」

「よかった。本当は車出したほうがいいかと思ったんだけど、鷺の蔵って入り組んでるし道路も狭いから、歩きの方が動きやすいしな。それに俺の車、帰国後に注文したんでまだ納車されてなくてさ。来たら今度は車で出かけよう」

そう言って、碓氷が笑う。

今度があるのかはともかくとして、確かに今日の目的地は電車で向かうほうが得策だ。

鷺の蔵は、桜浜市から車で数十分ほど南西へ走った場所にある町である。電車だと一度乗り換えを経て一時間と少し、といったところだ。

古い町屋敷風の店が軒《のき》を連《つら》ね、千何百年もの時を経た寺社が現存していることから、小京都と呼ばれている。路地裏の細い道が多く、常に観光客がある程度いるので、車で行くには少々不便なのは香澄にも分かっていた。

二人が乗った電車は、かろうじて座れるくらいの混雑度だ。

碓氷と並んで腰を下ろしながら、香澄は知った顔がいないかキョロキョロと目線を動かして辺りを見回した。

（よかった、いないみたい……）

ホッとしてシートに背中を預ける。

「そんなに気になる？」

碓氷がクスクスと笑いながら香澄を見た。

「……はい。噂にでもなったら大変ですし」

「えー……そんなに俺と噂になるの、嫌？」

「嫌です」

「はっきり言うね」

香澄がきっぱりと言い放ったので、彼は目をぱちくりさせた。

「女子からの嫉妬《しっと》で、身体が黒焦《くろこ》げになりますもん。針のむしろですよ。会社にいられなくなっちゃう」

「大げさだなぁ」

「大げさじゃないです！　この間の朝だって、私、須永さんに睨《にら》まれたんですから」

彼女が口にしたのは、通勤時に駅で碓氷と出くわした日のことだ。一緒に電車から降りてきたところで須永に声をかけられ、睨《にら》まれたことを、忘れてはいない。

それを伝えると、碓氷は苦笑いをした。

「あー……彼女、須永さんって言うんだ？」

「え、覚えてなかったんですか？」

「正直、声をかけてくれる女の子が多すぎて、まだ顔と名前が一致してなくて。香澄ちゃんくらいだよ、ちゃんと名前を覚えてるの」

「まぁ……私は庶務で、関わることが多いですからね」

仕事柄、香澄は第一開発課の課員はもちろんのこと、研究開発部員全員から名前と顔を覚えられているはずだ。

配属されてほぼ最初に接する社員は庶務だし、その後も度々関わることになる。時には課を越えて担当することもあるのだ。

実際、碓氷は海外からの転任だったので、転勤精算など、かなりの部分で彼女と接していた。

それにしても、顔と名前を覚えきれないほど多数の女性からアプローチを受けているとは……

（やっぱりバレたら焦《こ》げる！）

香澄は背筋が寒くなる。

幸い、彼女の心配をよそに、運よく鷺の蔵駅まで会社の人間とは遭遇しないで済んだ。

けれど、改札を出ると――

「あーら、碓氷さんと立花さんじゃないの！」

二人の名前を呼ぶ大きな声がした。

「っ！」

香澄はギクリと身体を強張らせる。

（やだやだ、いきなり⁉）

心臓が大きく跳ねたが、そのすぐ後ではたと気づいた。

（この声……）

どうも聞き覚えのある声だ。しかも、ほぼ毎日……

彼女は恐る恐る声のするほうへ顔を向ける。

「律子！　……あ、街田さんも！」

そう、律子と街田が二人して立っていた。しかも、明らかに香澄たちを待ちかまえていた、という様相だ。

「かっすみ、碓氷さん、おはよう！」

「香澄ちゃん、おはよう」

律子のテンションは、いつになく高い。それに釣られたように、街田も楽しそうな笑顔を湛《たた》えている。

「お、おはようございます、街田さん。律子……おはよう……」

香澄は戸惑《とまど》いの隠せないまま、応えた。けれど隣にいる碓氷はなんの驚きも見せず、二人に挨拶を返している。

「碓氷さん……もしかして、知ってたんですか?」

「まぁね。……っていうか、街田に頼んだの俺だから」

「そうなんですか?」

香澄は目を見張ると、街田が補足してきた。

「香澄ちゃんがいろいろ心配してるみたいだ、って、碓氷が俺に電話してきたんだ。四人だったら、職場の人間に遭遇してもごまかせそうでしょ?」

「律子も知ってたの?」

「ごめーん! 香澄を驚かせたくて、黙ってたの」

舌を出しながら手を合わせる律子に、香澄は笑う。

「しょうがないなぁ……でも、ありがと。碓氷さんも、気を使ってくださってありがとうございます」

神経質になりすぎていたかもしれないと、少々反省した。同時に、そんな自分を気遣ってくれた三人に感謝する。

そしてまずは四人で少し早い昼食を取ることになった。

情報通の街田が、評判のいい和食レストランを調べておいてくれたらしい。

「さすが街田さん、雰囲気のいいお店知ってますね～」

町家風の佇《たたず》まいのレストランはカフェも併設しているのか、洋風なテーブルと椅子も配置されている。

四人は、それぞれ日替わりの定食を頼むことにした。

「香澄ちゃん、前菜五種盛り合わせ、っていうのがあるよ。これも頼もうか」

碓氷がメニューの写真を指差す。

「あ、食べたいです！　ぜひ！」

やったぁ、と香澄は大喜びする。

そうして注文した前菜は、和《あ》えものと佃煮《つくだに》、燻製《くんせい》がきれいに盛りつけられたものだ。

早速運ばれてきたそれを見て、香澄はまた目を輝かせた。

「うわぁ……きれいだし、美味《おい》しそう」

うっとりと見入っていると、隣でクスリと笑う声が聞こえる。気がつくと碓氷が、香澄を楽しそうに眺《なが》めていた。

「早く食べたい、って顔してる」

「あ……すみません、あまりに美味《おい》しそうで」

「二人前だから、香澄ちゃんと律子で食べなよ。いいよな？　碓氷」

「もちろん」

「いえいえ、みんなでいただきましょうよ、せっかくのお料理ですし！　シェアしましょう」

香澄はテーブルに重ねられていた小さな取り皿を、みんなに配る。

「そっか、じゃあまずは香澄ちゃんと律子ちゃんが取りな。その後で俺らもいただくよ」

碓氷の言葉に、香澄と律子はプレートの上の前菜全種類を少しずつ取った。そして二人揃って「いただきま～す」と、手を合わせる。

それからしばらくして、それぞれの定食も来た。

「前菜も美味《おい》しかったけど、これも美味《おい》しい～」

「香澄は、ほんと食べてる時に幸せそうね……」

「だって、幸せだもん」

「香澄ちゃんが楽しそうに食べてる姿を見てると、こっちまで楽しくなってくるよ。な？　碓氷」

「そうだな」

前菜も合わせて、昼食は四人の舌を十二分に満足させる。

「美味《おい》しかったね～」

「ほんと、さすが評価が高いだけあるわ」

通りに出ても、女性陣は感嘆の声を上げ続けた。

町並みを一通り眺《なが》めた後、街田が碓氷に向かって尋ねる。

「次はどうする？　碓氷は何か決めてたりするの？」

「寺か神社に行こうかと思ってた。アメリカから帰国して、まだ一度もそういうとこ行ってないし、鷺の蔵でお参りすると厄払いになるって聞いてるんだ」

「じゃあ、お参りに行こうか」

「行きます！」

「賛成～」

四人の意見が一致したので、そのまま近くの神社へ向かった。

参拝し、おみくじを引く。

律子と碓氷が大吉、街田が吉、そして香澄だけが凶だ。

「絶対、碓氷さんのせいだ……」

ここ最近の碓氷によるあれやこれやのせいに違いない――そう思い香澄が苦々しく呟《つぶや》くと、碓氷が隣で笑った。

「どうして香澄の凶が碓氷さんのせいなの？」

律子が首を傾《かし》げて聞いてくる。

「あー……うん……」

（まさか、それを聞かれるとは思わなかった……）

碓氷の性癖について話してしまうわけにもいかず、目を泳がせながら香澄は口ごもった。

「もしかして、昨日言ってた『頼まれごと』のせい？」

「う……ん、まぁ……」

言いよどむ彼女をよそに、碓氷が平然と口を挟む。

「俺ね、香澄ちゃんに手首を触らせて、ってお願いしてるんだ」

「手首……？」

一体何を言っているのかと問いたげな律子に、彼が言葉を継ぐ。

「香澄ちゃんは、俺の理想の手首の持ち主なんだ」

「え……もしかして碓氷さんって、手首フェチだったり⁉」

「そう」

「あー……なるほど。それは香澄からは言いづらいわー」

あははは、と律子が合点《がてん》がいったように笑う。

「――でも、それ私に言っちゃってよかったんですか？」

そして、香澄と同じような質問を碓氷に投げかけた。

「街田の彼女で香澄ちゃんの友達なら信用できるからね」

碓氷は自信ありげに言った。

街田が穏《おだ》やかにフォローする。

「碓氷が手首フェチについて隠しているのは、別に性癖がバレたら恥ずかしいからじゃないと思う。そんなこと公言したら、社内中の手首自慢が大挙して押しかけてくるだろ？　そしたら職場に迷惑がかかるから、って。な？　碓氷」

「大げさだよ、街田」

碓氷は首をすくめて謙遜《けんそん》しているが、香澄には街田の言葉が誇張だとは思えなかった。彼の性癖を知るや、手首に磨きをかけて迫っていく大勢の女性社員の姿が目に浮かぶ。

（やっぱりモテる人って大変）

香澄はこっそりとため息をつく。

「香澄ちゃん、律子ちゃんにも言わなかったんだね。彼女とは、なんでも話している仲なんだと思ってた」

ふいに碓氷が不思議そうに告げてきた。すると、律子がまるで自分が褒められたように得意げに香澄の肩を叩く。

「この子は職業柄、個人情報については口が堅いんですよ。まぁ、仕事だからというだけじゃなく、この子自身がそういう性格なんですけどね」

香澄は人事部や総務部に通じる窓口的な役割も担《にな》っているため、課員のプライベートな情報やデリケートな事情を知りうる立場にいる。守秘義務があるので、それを口外したりなど決してしない。

碓氷のことも、律子とはいえ話すわけにはいかないと、口を噤《つぐ》んでいた。

「香澄ちゃんのそういうところ、すごくいいよね。人間として一本筋が通ってると思う。尊敬するよ」

碓氷に手放しで褒めちぎられ、香澄はどうにも照れてしまう。

「そんなに褒めても何も出ませんよ、もう」

その後しばらくして、神社を出ると、四人は寺院へ行った。

国の重要文化財らしい仏像を見て、庭園を眺《なが》められる茶屋へ行き、宇治金時を食べる。

ひとしきり古い町並みを堪能《たんのう》した後――

「せっかく鷺の蔵まで来たから、私たち、ここの結婚式場の見学に行ってくる。今日はここで別れよ」

通りの端っこで、律子が切り出した。ここからは二人きり恋人モードに入りたいのか、街田と手をつないでいる。

「あー……そっか、分かった。お邪魔しないから行ってらっしゃい」

少し残念だが、香澄は笑って手を振る。

「街田、ありがとな。律子ちゃんも」

「いやいや、こっちこそ。このメンツで出かけられて楽しかった。今度は織田も誘えるといいな」

街田がニコニコしながら、碓氷の言葉に応えた。

律子と街田は幸せそうな雰囲気をまとい、香澄と碓氷に背を向けて去っていく。

「あの二人、来年には結婚するんだって？」

「そうみたいです。まだ口約束らしいですけど」

「ここだけの話、街田、俺がこっちに帰ってきたことで律子ちゃんの気が変わらないか、心配してたんだよ。バカだよね」

碓氷がくつくつと笑いながら漏らした。

「そうなんですか？　街田さんも可愛いところがありますね」

「……さて、これからどうしようか？」

時間は午後三時を回ったところだ。

「あっ！」

声を上げた香澄だが、ハッとしてすぐに口を閉ざす。

「ん？　どこか行きたいところがあるの？」

「あ、いえ、大丈夫です」

「……おともするから、言ってごらん？」

すべて見透かしているような碓氷の言葉に、おずおずと彼の顔を覗き見た。

「実は……ちょっと行ってみたかったお店があるんです。二ヵ所なんですけど、前に雑誌で見て……」

「もしかして盛り合わせがある店？　どこでもつきあうよ」

「……いいんですか？」

「ダメな理由なんてないよ。行こう」

案内するように促《うなが》された香澄は、行きたかった店に碓氷を連れていった。

そこは、目抜き通りから路地裏に入ったところにある、こぢんまりとした蕎麦屋《そばや》だ。

「ここに、いろんなお蕎麦《そば》を一皿に載せてくれるメニューがあるんです」

早速店に入ると、香澄は『相乗り』という、蕎麦《そば》の盛り合わせを頼む。

すぐに、更科《さらしな》、ゆず、田舎《いなか》、茶蕎麦《そば》――四種類の蕎麦《そば》がざるに載って出された。

香澄の目はこれ以上ないくらいに輝く。

「わぁ！　美味《おい》しそう！」

量も多すぎず、一種類ふたくちほどで食べてしまえる。

碓氷は揚げ物好きらしく、昼食を食べた後だが天ざるを頼んでいた。

香澄は手を合わせた後、まずは更科《さらしな》を口にする。

「――ん～、美味《おい》しい！　甘みがありますね、このお蕎麦《そば》」

「香澄ちゃん、海老《えび》の天ぷら一つあげるよ」

「え、いいですよ、申し訳ないので」

「お腹いっぱいじゃなければ、どうぞ」

碓氷はテーブルに置かれた小皿に天ぷらを一つ置き、差し出してくれた。

「あ、ありがとうございます。美味《おい》しそうです！」

早速ひとくち食べるや否や、香澄の身体が震える。

「んんっ……この衣《ころも》、サックサクですね！　うぅ……美味《おい》しい……っ」

表情をとろけさせる彼女を見て、碓氷が笑った。

「ほんと香澄ちゃんって、食べさせ甲斐《がい》がある子だね。そんなに喜んでもらえると、あげた俺も嬉しくなる」

その台詞《せりふ》を聞き、香澄は一旦食べる手を休める。

「……引いてないですか？」

「え？」

「お昼も食べてるのに……私、こんなふうに食べ物屋さんをはしごするの好きだから……何ヵ所も寄って、その度に食べたり……それで以前つきあっていた人には呆れられてしまって」

「でも香澄ちゃん、一度にそんなに量食べないから大食いって感じはしないよ……。それにやせてるよね」

「一応、太らないように気をつけてはいるので……。でも元カレは、私がおしゃれよりも食べ物に夢中になってるのが滑稽《こっけい》だったみたいです」

以前香澄がつきあっていた年上の彼は、つきあい始めた時はたくさん食べる女の子がいいと言っていたにもかかわらず、彼女が実際デートでいろんな店に寄るのを知って、食ってばっかりだと小馬鹿にして笑ったのだ。

香澄は流行の最先端にアンテナを張るような女性ではない。

自分が好きなデザインの服を着て、メイクや髪型は流行《はや》りのものでも自分に似合わなければ手を出すことはなかった。背伸びをせず、自分に合うものを選んでいる。

それが元カレにはお気に召さなかったようだ。

彼は自分に見合う女性になれと言わんばかりに、その時に流行していたアイテムを押しつけてきたし、行動や嗜好《しこう》も合わせろと無言の圧力をかけてきた。

つきあってしばらくは、彼の言う通りにするのを楽しく思っていた香澄も、結局は無理をするのに疲れ、合わせるのをやめてしまった。

すると彼は彼女のやることなすことバカにするようになり、一ヵ月後には好きな子ができたと香澄をあっさりと振ったのだ。

その上、彼のせいで香澄はとてもつらい思いをするはめにもなった。

当時のことを思い出し、香澄は苦笑する。

「……もっと食べる？」

碓氷は穏《おだ》やかな口調で言い、彼女の小皿にししとうの天ぷらを載せた。

「え……」

「俺は香澄ちゃんが食べているところを見て、元気もらってる。引いたりなんかしないよ。むしろ、香澄ちゃんのほうが俺に引いてたじゃないか」

確かに香澄は、彼に手首を触らせてと請《こ》われた時、後ずさりする勢いで引いた覚えがある。彼は彼女のそんな反応など意に介さず、押してきたわけだが……

「あー……」

「気にしないで食べな。もし太ったら、一緒にジムにでも行こう」

「あ、りがとう、ございます」

照れた顔でそう言うと、香澄は蕎麦《そば》を食べるのを再開する。

どれもこれも美味《おい》しくて、自然と頬が緩《ゆる》んだ。

他の三種類の蕎麦《そば》もそれぞれ堪能《たんのう》し、最後に碓氷からもらったししとうの天ぷらを食べたところで、突然視界に何かが入ってくる。

碓氷の手だ。

「え？」

彼の指先が、香澄のくちびるを掠《かす》めた。

「ついてる」

そう言って離れた指には、天ぷらの衣《ころも》が摘まれている。彼女が見ていると、彼はそれを自分の口へ入れてしまった。

「えっ⁉」

「ここの衣《ころも》、ほんとに美味《おい》しいよな」

ニッコリと笑う彼に、香澄は一瞬何が起こったのか分からなくなった。けれど次の瞬間、頬がかぁっと熱くなる。

「す、すみませんっ。私、子どもみたいに食べ物つけてて……」

(は、恥ずかしい……っ)

いくら食べ歩きの趣味がバレている相手でも、口元に食べ物をつけたままの状態を見られるのは恥だ。意地汚いと思われても仕方がない。

香澄は碓氷に呆れられるのを覚悟した。

けれど――

「――可愛い」

「は？」

「そうやって恥ずかしがって慌てる香澄ちゃん、滅多に見られないから可愛い。会社ではいつもきっちり仕事してるイメージだし、ギャップがあっていいな」

碓氷が彼女に差し向ける表情、口調、言葉、すべてが甘い。香澄は、どこかいたたまれないような気持ちになった。

「……っ」

「こういう香澄ちゃんは……俺しか知らないのかな」

匂い立つような色気をまとった笑顔が紡《つむ》ぐその言葉は、砂糖菓子みたいな糖度で香澄を包み込む。

「もう、からかわないでくださいっ」

口ではそうたしなめたものの、香澄の心臓は音が聞こえてしまいそうなほど高鳴っていた。

「二ヵ所行きたいところがあるって言ってたね。あと一ヵ所は？」

蕎麦屋《そばや》のある裏路地から通りに出ると、碓氷が辺りを見回しながら尋ねてきた。

「あ、あっちです」

香澄は通りの中ほどを指差し、彼を先導する。とある和菓子店まで行き、ショーケースに並んだ商品を見つめた。

「何か欲しいものでもあるの？」

「これが欲しくて。さっき通った時に買えばよかったんですけど」

それは練り切りの創作和菓子の詰め合わせだった。箱にはお菓子が十個入り、それらすべてが違う造作のものという、手が込んだものだ。

香澄は先ほど四人で通った時に目にしていたのだが、買いそびれていたのだ。

「きれいだね」

「食べるの、もったいなくなっちゃうんですけど……せっかくだから――」

買って帰ります――そう続けようとした時、碓氷がショーケースを指差す。

「すみません――」

店員を呼ぼうとした彼を、香澄はすかさず止めた。

「自分で買いますから大丈夫です」

「でも、例の件のお礼もちゃんとしてないし」

「それは、ジョアンのCDで十分なので、いいんです。……でも、ありがとうございます」

「……そっか」

笑ってお礼を言うと、碓氷も優しく笑う。

そして香澄は店員に詰め合わせを注文した。

包装をしてもらっている間、碓氷は碓氷で自分用に何かを買っているようで、別の店員に何やら指示をしていた。

「ほんとに香澄ちゃんは詰め合わせが好きだな」

「いろんな味が楽しめるのがよくて、こういうの、無条件で買っちゃいます」

香澄は和菓子屋の紙袋を抱きしめた。

それから二人は来た時と同じように電車に乗り、北名吉で降りる。

近くの中華料理店で少し早い夕食を取ったのだが、ふと香澄はあることに気づき、おずおずと切り出した。

「あの、碓氷さん……例の件ですけど、しなくていいんですか？」

「え？」

「だから、その……手首を見るとかいう……」

なんだか気恥ずかしくて語尾が尻すぼみになる。

「……あぁ、それはサイン入りCDと交換だよな。だから今日は我慢しておく。気にしないでいいよ」

碓氷が眉尻を下げた。

今日一日、香澄は七分袖で過ごしていた。だから終始彼女の手首は、彼の視界に入っていたはずだ。

けれど何も言われなかったし、不躾《ぶしつけ》な視線を感じることもなかった。

（結構、紳士的……）

あんな大胆なお願いをしてきたわりには、彼は何かと香澄を慮《おもんぱか》ってくれている。

それがすごく嬉しかった。

食事を終えて店を出ると、碓氷は当然のように彼女を自宅まで送ってくれる。

「今日はありがとうございました。楽しかったです」

「街田と律子ちゃんがいてくれたからな」

「それもありましたけど……でも、あの二人がいなくても、きっと楽しかったと思います」

はにかみながらも、どうにか本心を告げると、碓氷が一瞬目を見開く。そしてすぐに表情を緩《ゆる》めた。

「ありがとう、香澄ちゃん。……あ、そうだ。これ、もらってくれる？」

彼は鷺の蔵の和菓子店で購入していた商品の袋を差し出す。

「え……これ、ご自分のじゃ」

「うん、俺が買ったやつ。今日つきあってくれた香澄ちゃんへのお礼にと思って、店にあったバラ売りのお菓子をいろいろ詰めてもらったんだ。名づけて『碓氷圭介セレクト和菓子詰め合わせ』ってところかな。食べた感想、聞かせて」

「あ……りがとうございます。いただきます」

香澄は両手でそれを受け取った。

心底嬉しくて、自分が買ったものと一緒に胸に抱きしめる。

その様子を見た碓氷は、満足げに笑んだ。

「それじゃ、また月曜日に……香澄ちゃん」

優しい口調でそう言い残し、去っていく。

「――はぁ……ダメだぁ。なんであの人、あんなに完璧なんだろう……」

アパートの部屋に入るなり、香澄はぼやくように呟《つぶや》いた。

ただでさえ普通じゃない美形ぶりだというのに、性格までいいとは。

性癖は……初めは引いたけれど、それを補ってもなお惹《ひ》かれる要素が余りある。

四人で町を歩いている時も、碓氷はさりげなく香澄に気を使ってくれた。

軽口は叩くけれど、他人の悪口は決して言わないいし、他の三人の話を否定することもない。

さっきも香澄を送り届ける際、彼女のペースに合わせて歩き、まるで恋人のように守ってくれた。

手首目当てという下心なんて、今日一日微塵《みじん》も感じなかった。

だから最後に穏《おだ》やかな笑顔で「香澄ちゃん」と呼ばれた時、図《はか》らずも心臓が跳ね上がったのだ。

(好きになっちゃダメなんだから。勘違いしちゃダメなんだから。だって、あんな素敵な人と社内で噂になったら、また――)

香澄は何度も自分にそう言い聞かせた。

＊＊＊

〝やっとCDが来たよ。今度の土曜日、空いてる?〟

碓氷にそう呼び出されたのは、鷺の蔵へ行った日から二週間後だった。

なるべく彼のことを考えないようにしていたせいか、香澄はCDのことをすっかり忘れていた。

(そうだ、そういえばそんな約束していたっけ)

相変わらずの自分の忘れっぽさに笑ってしまう。

待ち合わせ場所として彼が指定したのは、桜浜市内の有名な公園だ。

高級ホテルに囲まれるように存在しているそこは、海が見える遊歩道があり、ホテルの宿泊客がジョギングや散歩をしている姿がちらほらと見受けられた。

香澄は公園に着くと、碓氷にメッセージで到着を伝える。返信はすぐに返ってきた。

〝噴水のところにいるよ〟

確かに入り口を少し入ったところに噴水がある。彼はそこにいるようだ。

香澄が歩いていくと、噴水の向こう側に碓氷らしき人影が見える。

「あれ……？」

彼は一人ではなかった。どうやら女性と談笑しているようだ。

女性はジョギング中なのかTシャツとレギンス姿だが、スタイルが素晴らしくいい。黒髪でサングラスをしているものの、外国人のようだ。

周囲のホテルに多数の外国人観光客が宿泊しているためか、この公園にはいつも外国人がたくさんいる。

二人は楽しそうに話していた。

「知り合い……かな？」

碓氷はアメリカに駐在していたので、ひょっとしたら偶然向こうでの知人に会ったのかもしれない。

垢抜《あかぬ》けた外国人女性のそばにいても、彼は見劣りせず、むしろとてもお似合いだった。香澄には、一枚の絵画のようにすら見える。それだけ碓氷が美形ということだ。

「……」

ズキン、と香澄の胸が痛む。

（どうして？）

傷つく権利なんてないのに——

香澄は気持ちを入れ替えようと、ブルブルと頭を振る。

すると噴水の向こうの二人がこちらに気づいたようで、一緒に香澄に目を留めた。

「あ……おはよう、ございます」

「おはよう」

香澄は小走りで碓氷に近づき、頭をぺこりと下げる。一緒にいる女性にも、挨拶をした。

女性はサングラス越しに香澄をまじまじと見つめた後、急にガバリと抱きついてくる。

「え、ちょっ、あの……っ」

「カワイイ！　ハジメマシテ！」

「あ、は、初めまし……て？」

いきなりハグされ、あたふたするやらドキドキするやらで、香澄は舌までもつれてしまう。その様子を見て、碓氷がクスクスと笑った。

「あ、あの、碓氷さん！　この方は……」

困惑している香澄にやれやれと苦笑した後、彼は流暢《りゅうちょう》な英語で話し出した。

『香澄ちゃんが困ってるから放してあげて、ジョー』

香澄は短大の英文科を卒業しているので、碓氷が何を話しているのか大体分かる。

（ジョー、っていう名前なのね、この人）

ジョーと呼ばれた女性が離れないのを見て、碓氷は再び香澄のほうを見た。

「俺が今日、どうして君を呼び出したのか、覚えてる？　香澄ちゃん」

「え？　あー……っと、ジョアン・マッキーのサイン入りCDを……っ、て、ま、さか……!?」

香澄はハッとして女性の腕の中から抜け出し、その顔をまじまじと見つめた。

ウェイビーな金髪を黒髪のストレートに変えてはあるけれど、サングラスの下の顔を見れば確かに――

「ジョアン・マッキー!?」

香澄が敬愛して止まないジョアン・マッキーその人だった。

「香澄ちゃん」

碓氷がシーッと、人差し指を口元に添える。

「あ……すみませんっ」

ジョアンが来日したという話はテレビでもネットでも聞いていない。おそらくお忍びなのだろうと、香澄は慌てて声のボリュームを下げた。

「う、碓氷さん、ジョアンがどうしてここへ!?」

「ジョアンの旦那が、俺の兄なんだよ」

「そうデス。ワタシのフルネーム、ジョアン・メイ・マッキー・ウスイ」

そういえば律子が、碓氷の兄はアメリカで事業をしていて、妻がアメリカ人だという噂があると話していた。

（ほんとだったんだ……）

その妻というのがジョアン・マッキーだったとは。ジョアンのファンになってだいぶ経つが、香澄は全然知らなかった。

そもそもジョアン・マッキーは、アメリカ本土でも私生活が謎に包まれた女性と言われている。

カメラの前に気前よく姿を見せるわりには、プライベートな部分はほとんど明かさず、パパラッチを上手《うま》くまくことで有名だ。

ただ親日家で、度々、日本で余暇を楽しんでいるところは目撃されていた。

香澄もそのことは知っていたが、まさか日本人と、しかも碓氷の兄と結婚していたなんて、想像もしていない。

『あ、あのっ、わ、私、立花香澄、ですっ。だ、大ファンですっ』

しどろもどろになりながら、英語で自己紹介する。

『ありがとう。ケイスケのガールフレンドが私のファンだなんて、嬉しいわ』

「ちっ、違いますっ。彼女ではないです！　決して！　会社の同僚です！」

ジョアンの言葉に慌てて両手を胸の前で振り、日本語で力説した。碓氷は彼女に、香澄のことをどう説明しているのだろう。

「えー……そこまで全力で否定されると、傷つくなぁ」

その碓氷は、かすかに苦笑していた。

「だって、ジョアン絶対、勘違いしてますよ！」

「まぁまぁ、とにかく約束通り、ジョアン・マッキーのサイン入りCDあげる。ちゃんと本物だって証明できるって、言っただろ？」

碓氷がジョアンにCDと油性ペンを差し出す。彼女は「ア、ソウカ！」と日本語で呟《つぶや》いてそれを受け取り、封入されているブックレットにサラサラとサインを書いていった。

「わぁ……」

その様子を見て、香澄は感動で瞳を潤《うる》ませる。

「ハイ！　ドウゾ！」

そして、差し出されたCDを見つめた。そこにはちゃんと「To Kasumi」と書かれている。

『ありがとうございます！　一生の宝物にします！』

あまり上手《うま》い英語とは言えないが、香澄はジョアンの目を見て、懸命に謝辞を伝えた。

『そんなに喜んでもらえると、私も嬉しい！』

ジョアンが輝く笑顔になる。

照れた香澄は、手元にあるCDを再び見つめた。

「ん？　これ……」

そのジャケットは、見たことないものだ。

ジョアン・マッキーの作品はすべて持っているはずなのだが、買い漏らしていたのだろうかと、不安になる。

「あ、気づいた？　それ、発売前のCDなんだって。ジョーが香澄ちゃんのために用意してくれたみたいだよ」

「え!?　いいんですか？」

『他の人にはナイショよ？』

ジョアンが悪戯《いたずら》っぽく笑った。

「あ……りがとう、ございます」

香澄は、嬉しくて嬉しくて泣きそうだ。

「ジョー、圭介」

その時、碓氷の名前を呼ぶ声が聞こえた。声のした方向を見ると、背の高い男性がこちらに向かって歩いてきている。

『ユウ！』

彼を見るなり、ジョアンが跳ねるようにそちらへ走っていった。そして勢いよく抱きつく。

『っと、ははは。どうしたんだ、ジョー』

『ケイスケのガールフレンドが可愛いの！』

『へぇ……あぁ、本当に可愛いね』

男性が香澄を見てニコリと笑う。その顔は、碓氷にとても似ている。

「もしかして、碓氷さんのお兄さんですか？」

「そう」

香澄が尋ねると、碓氷がうなずいた。

「……ということは、ジョアン……さん、の旦那様、ということですよね？」

「ジョアンさん、なんて呼ばなくていいよ。……なぁ？　ジョー」

碓氷がジョアンに水を向けると、彼女は満面の笑みで大きく首を縦に振る。

「モチロン！　ジョーって呼んでクダサイ」

「圭介がどうしてもジョーに会わせたい人がいるんで日本に来てほしい、って言うから、仕事がてら来てみたけど……やっぱりそういうわけかぁ……へぇ……」

碓氷の兄がニヤニヤしながら碓氷と香澄を交互に見る。

「ち、違います！　碓氷さんとは職場が一緒なだけで……。あ、立花香澄と申します。

碓氷さんにはお世話になっております」

「オトウトが、お世話ニナッテ、オリマス」

香澄は深々と頭を下げた。それに釣られたのか、ジョアンもお辞儀をする。

「圭介の彼女じゃないの？」

「違います！」

「……本当に？」

碓氷の兄が碓氷に目配せをすると、彼が肩をすくめた。

「残念ながら」

「まぁいずれにしても、圭介が君のためにジョーに頼みごとをするくらいだ。特別な存在なんだろうね。……僕は圭介の兄の裕一郎《ゆういちろう》です。よろしくね」

「あ、よろしくお願いします！」

「会ってすぐで申し訳ないんだけど、この後、ジョーと僕に仕事が入ってて、もう向かわなきゃならないんだ。今度ぜひ時間を取ってゆっくりランチでもしようね」

どうやらジョアンはお忍びながら、日本での仕事があるようだ。彼女たちは残念そうな顔をする。

「あ……すみません、お忙しいのにお時間取っていただいて」

「いやいや、可愛い弟のためだからね」

碓氷の兄の腕には、ジョアンがべったりとくっついていた。国際結婚は難しいと聞くが、この二人は実に仲睦《むつ》まじそうだ。

「兄さん、ジョー、ありがとう」

「ケイスケは私のカワイイオトウト！　オトウトのオネガイ聞くのは、オネエサンのオシゴトですヨ！」

碓氷がジョアンに礼を告げると、彼女は今度は碓氷に抱きついた。

『ジョー、お願いを聞くのは「お仕事」ではないよ。そう言いたい気持ちも分かるけど』

碓氷の兄が苦笑いをしてジョアンへ日本語のアドバイスをしている。その姿が微笑《ほほえ》ましくて、香澄は思わずニコニコしてしまった。

「オウ……ゴメンナサイ。ニホンゴ勉強チュウだから、ムズカシイネ。……カスミ、また会いましョウ！　ＣＤ聴いたらカンソウクダサイナ！」

「はい！　必ず！」

香澄と碓氷に手を振りながら、ジョアンと碓氷の兄は滞在しているホテルへ帰っていった。

「──はぁ、緊張した」

香澄は胸を撫《な》で下ろす。すると碓氷がクスクスと笑った。

「驚かせてごめんね」

「碓氷さんずるいです、こんなサプライズ」

「約束は守っただろ？」

「……そうですけど。ジョアン・マッキー本人に会えるなんて感激です……ありがとうございます、碓氷さん」

なんだかまだ実感が湧かず、香澄はふわふわしていた。ずっと憧れていたアーティストに会えたなんて、信じられない。

「喜んでもらえてよかった。……さて、これからどうする？　せっかくここまで来たから、デートしようか」

「えっと……はい」

辺りにはデートスポットが山ほどある。職場の人間に遭遇しないことを祈りつつ、香澄はうなずいた。

二人は公園の浜辺でスタンドアップパドルボード——サーフボードに似た板の上でパドルを操って波に乗るスポーツを体験することにする。

碓氷は運動神経もよいらしく、抜群のバランス感覚ですんなりと乗りこなしていた。

マリンスポーツは沖縄でシュノーケリングをしたことがある程度の香澄は、初めは怖くて座ったまま乗る。それでも最後にはなんとか立ち上がってパドルを操ることができた。

彼がそれを見て褒めちぎってくれる。

「香澄ちゃん、きれいに立ててる。上手《うま》い上手《うま》い」

「へ、へっぴり腰になってませんか？」

「大丈夫、ちゃんと腰入ってるよ」

そんなふうにひとしきり楽しんだ後、二人はお弁当を買って海上バスに乗る。周辺の景色を楽しみながら、遅い昼食を取った。

碓氷と共有するひとときがとても楽しくて、香澄は時が過ぎるのを忘れてしまう。

そして最後には、観覧車に乗った――

「はい！」

香澄は意を決して、前に座っている碓氷に左手を突き出す。

「え？」

「……約束、ですから」

碓氷はたかが香澄の手首のためだけに、世界的大スターを呼び出してくれたのだ。なんてことないと笑っていたけれど、大変だったに違いない。

彼の希望を叶えたいと、彼女は今、心の底から思っていた。

「……いいの？」

申し訳なさげに尋ねてきた彼に、クスクスと笑う。

「頼んできたのは碓氷さんでしょう？」

「あはは……うん、そうだったね」

碓氷はそっと手を伸ばす。その指先が香澄の手首に触れた。

香澄は一瞬ビクリと震える。

「っ……」

彼は片手で香澄の手を取り、空いた手で手首に並んだほくろを撫《な》でた。

夕日でオレンジに染まったゴンドラに、ほんのりと甘い空気が流れる。

「……いいね……本当に」

碓氷がうっそりと、低い声で呟《つぶや》く。

香澄の心臓が大きく跳ね、音が彼の耳にも届いてしまうのではないかと、心配になる。

彼女のものよりも少し高い体温が、触れられたところから伝わってきた。

それが余計に鼓動を速め、香澄を苦しくする。

碓氷の熱を受け継いだように、香澄の頬も熱くなっていった。

彼の指はほくろを撫《な》でた後、筋や骨をたどり、前腕の中ほどまで来ると、また戻っていく。

（なんだか……）

それが気持ちよくて、香澄の口からため息がこぼれる。

どれくらい時間が経っただろうか。されるがままになっていた手が、フッと軽くなった。

「あ……」

「――ありがとう」

香澄は解放されて宙に浮いた手を、ゆっくりと膝まで下ろす。まだ熱を持っている手は強く脈打ち、そこに心臓があるかのようだ。

「いえ……」

ごくごく小さな声でそう返すと、碓氷がうっすらと笑みを浮かべた。

「やっぱりものすごく理想的な手首だったよ」

「そう……ですか？」

「もうオンリーワン、って言っていいと思う。これ以上の手首には、もう出逢えないね」

それは本心からの言葉だと、満足げな声音が伝えてくる。香澄の頬はますます火照《ほて》った。

「また今度、触らせてくれる？」

そう尋ねられ、彼女はしばらく逡巡《しゅんじゅん》し――そして、こくんとうなずく。

ちょうどその時、ゴンドラが地上に到着した。

「――降りよう」

先に降りた碓氷が、手を差し出してくる。数瞬躊躇《ちゅうちょ》したものの、香澄はその手を取り、観覧車を降りた。

出口を過ぎた辺りで離そうとしたけれど、碓氷は彼女の手を握ったまま歩いていく。香澄は戸惑《とまど》い、それでもすぐに手の力を抜いた。

きっと、彼女が離してほしいと願えば、すぐにそうしてくれるだろう。

でも、どうしてもそのひとことを口から出す気になれなかった。

(好きになっちゃダメなのに……)

頭でそう思えば思うほど、心はそれに反発して碓氷に惹《ひ》かれていく。

香澄はつくづく自分の意思の弱さが嫌になった。

(こんなとこ、会社の人に見られたら終了だよ)

そう頭が警告してくるのに、碓氷の手から伝わってくるぬくもりとほんのりと甘い雰囲気に全身が心地よく包まれると……どうしても、自分からそれを手放すことができなかった。

それからも時々、香澄は碓氷から食事やデートに誘われた。その度に手首に触れられている。

何度そうされても嫌だと感じないのは、彼がそれ以上のことは一切しないし、匂わせもしないからだ。

もちろん、それだけではない。

一緒にいればいた分だけ、碓氷の優しさが伝わってくる。

二人で過ごす楽しさが大きくなり――香澄の心の中に張り巡らせていた防壁は、だんだんと脆《もろ》くなって、崩れていった。

手首を賞賛されると、自分が褒められているのだと錯覚してしまう。

そしてその壁が崩壊し、彼女が自分の気持ちを完全に自覚したのは、初めて手首に触れるのを許した日から一ヵ月後のことだった。

もうすっかり朝晩に肌寒さを感じるようになった、とある日の昼休み。

「立花さん」

香澄は廊下で声をかけられる。振り返ると、隣の第二開発課の織田がいた。

彼は碓氷と街田の同期で、碓氷に引けを取らない美形だ。碓氷が高貴な王子なら、織田はその王子の幼なじみで俗世にやや染まり気味な貴族、といった見た目をしている。

噂では外国人の血が入っているらしい彼は、顔の造作のわりに親しみやすい雰囲気を持っていた。

「あ、はい。織田さん、なんでしょう？」

香澄は慌てて向き直り、背筋を伸ばす。

「昨日、うちの川野《かわの》さん、助けてくれたでしょ。ほんとに助かったよ、ありがとう」

織田が言っているのは、一昨日《おととい》、第二開発課で庶務の不手際が発覚した事件のことだ。

以前第二開発課にいた庶務が、長期にわたり出張や経費の精算書をため込んで処理をしていなかったことが、一昨日《おととい》になって分かった。

その庶務は元々勤務態度がよくなかったのだが、有給休暇を年度初めから三ヵ月で使い切り、無断欠勤をするようになった。そこで会社が本人に面談を申し入れたのだが、あっという間に退職してしまったというわけだ。

第二開発課は普段から出張の多い部署である。銀行口座や社内の端末で経費が精算されているか、いちいちチェックする者などほとんどいない。

まさか振り込みがなされていないなどと露《つゆ》ほども思っていなかったらしく、新しい庶務の川野が数日前に配属されたことで、精算書の件に気づいたという有様だ。

幸い経費の着服はなかったが、精算書に添付されているはずの領収書などは、全部バラバラにされていた。どの精算書についていたものか、日付と出張先を照らし合わせるのに、川野は思いのほか手間取る。

それを手助けしたのが香澄だったのだ。

彼女は第一、第二開発課の課長たちに許可を取り、川野のもとに駆けつけた。

『二人でやれば早く終わるよ』

そう励まして、大量の領収書を日付別に仕分けた。川野に精算書の内容を読み上げさせ、それにマッチした領収書を抽出していく。

『立花さんのおかげで早く終わりました～。ありがとうございます～』

最後に川野が、泣きそうになりながらお礼を言っていたことを思い出す。

その件について、織田は香澄を呼び止めたのだ。

「多分第二開発課で出張が一番多いの俺だから、俺のが一番やっかいだったろ？　普段から出張費精算のチェックをしておけばもっと早く分かったのに、本当にごめん」

恐縮したような口調で告げてくる。

「いえいえ、織田さんのせいではないです」

「ほんとにありがとう。……これ、俺からお礼」

そう言い、彼が小さめの手提げ紙袋を差し出してきた。

「え、いただけません！　私にできる仕事をしたまでですから！」

香澄が慌ててぶんぶんと首を横に振ると、織田がクスクス笑う。彼は彼女の手を取り、紙袋を握らせた。

「せっかくだから受け取ってやってよ。それで、また困ったことがあったら川野さんのこと、助けてあげてな」

「あ……じゃあ、遠慮なく、いただきます。ありがとうございました」

香澄が頭を下げると、織田はニコリと笑い、彼女の耳元に口を近づける。そして――

「――ところで、碓氷とはどうなってんの？」

ぼそりと囁《ささや》かれ、香澄は驚きで声を上げそうになった。

「な、なんですか、それ？」

「あれぇ？　街田から二人がイイカンジだって聞いたんだけどなぁ……？」

「そういうんじゃないですからっ」

小声ではあるが、テンション高めに反論する。

彼女の気持ちはともかくとして、碓氷にとっては、あくまでも『手首鑑賞』のための逢瀬のはずだ。それをそのまま織田に話すわけにはいかないものの、ただの友人であることをアピールする。

「ふーん……」

織田は納得していないといった表情でうなずきながら、彼女の耳元から顔を離す。しかし、香澄の後ろを一瞥《いちべつ》したかと思うと、急に彼女の手を取り握手を求めた。

「とにかく、昨日はありがとね！　助かったよ」

「立花さん！」

織田がわざとらしい口調でそう言うのと、香澄の名前が呼ばれたのは、ほぼ同時だ。

振り返ると、碓氷がニッコリと笑って立っていた。

「あ。碓氷さん、なんでしょう?」

「午後から工程会議があるんだけど、準備の手伝い、してもらえるかな?」

織田の手をやんわりと香澄の手から剥《は》がしつつ、碓氷が言う。

香澄はすぐに返事をした。

「あー……はい、分かりました。どちらですか?」

「第二会議室」

「じゃあ、これ置いたら向かいます——織田さん、ありがとうございました」

もらった紙袋をちょこんと掲《かか》げ、それから織田に向かって頭を下げた。

「こちらこそありがとね～。じゃあね、立花さん」

香澄は更衣室のロッカーに紙袋をしまう。そしてすぐに会議室へ向かうと、ちょうど碓氷が荷物をテーブルに下ろしたところだった。

「あぁ、ごめんね。これホチキス留めしてくれる?」

「分かりました」

彼は大量のプリントを一枚ずつ取って重ねていき、最後に香澄に渡す。彼女はそれをパチパチとホチキスで留めていった。

何部か終わったところで、碓氷が小声で切り出す。

「立花さん、今日空いてる?」

柔らかい口調ではあるものの、その声はいつもよりどこか冷たさを帯《お》びている気がする。

「あー……はい、大丈夫です」

流れ作業をしながらの会話だからだろうかと、香澄は戸惑《とまど》った。

ドアの向こう側は廊下だがパーティションを挟んで研究開発部があるので、さほど静かというわけでもない。だから外に聞こえることはないものの、念のため小さな声で返した。

「じゃあ、北名吉で待ち合わせしようか」

「はい」

「もし残業になるようならメッセージするから」

「分かりました」

ホチキス留めが終わると、二人でテーブルを会議用に並べ直し、各席にプリントを配置する。最後にプロジェクターとスクリーンを設置し、準備を終えた。

「ありがとう、助かったよ」

「お役に立てて何よりです。じゃあ失礼します」

香澄は会釈《えしゃく》をし会議室を出ようと碓氷に背を向ける。しかしドアノブに手をかけた瞬間、呼び止められた。

「か……立花さん」

「はい?」

振り向いて碓氷を見上げると、彼は身じろぎもせずに香澄を見つめていた。その瞳は冷たさと熱さを併《あわ》せ持《も》っている。

(な、何……?)

彼女はどぎまぎしながら彼の次の言葉を待つが、なかなか返ってこない。

「……碓氷、さん?」

「……なんでもない。また後で」

香澄の呼びかけにはっと我に返った碓氷が、薄く笑みテーブルへ戻っていく。

(具合でも悪いのかな、碓氷さん……)

少し心配になったが、本人が何も言っていないので余計なことはせず、香澄は自分の仕事へ戻った。

終業後、金曜日だから飲みに行くという同僚たちを尻目に荷物をまとめつつ、チラリと碓氷を見る。彼はやはり、須永たちに誘われていた。

「碓氷さん、一緒に飲みに行きませんか?　うちのグループのみんなで行くんですけど」

相変わらず申し訳なさそうに笑い、いつものように辞退の言葉を述べる。

「すみません。お誘いは嬉しいんですが、これからビジネス英語の勉強会があるので失礼します」

優しく、けれどきっぱりとそう告げて、彼は立ち上がり、職場を去った。

（相変わらず容赦《ようしゃ》ないなぁ……）

香澄は机を整理しながら、表情や言葉には出さずに、心の中で呟《つぶや》く。

この後、自分が碓氷と会うなんて須永たちに知られたらただじゃ済まないだろう。

気をつけなければと気を引き締め、ＩＤカードをタイムレコーダーにかざした。

北名吉駅で碓氷と待ち合わせる時は必ず改札口を出て右側――東口で待つことにしている。東口は香澄のアパートがある方向だ。

碓氷は彼女を気遣い、帰りやすい場所を選んでくれているのだった。

「お待たせしました、碓氷さん」

東口の券売機のそばに大きな柱があり、そこに碓氷が立っている。

「いや、急に誘ったりしてごめん」

「……勉強会はいいんですか？」

香澄がからかうように尋ねると、彼はクスリと笑った。

「わざとらしかったかな？」

「モテる人は、毎回断る理由を考えるのが大変ですねぇ」

香澄は碓氷にそう告げる。もちろんこれは半分嫌味だ。

「彼女がいるから、って断ったほうがいいかな」

反撃とばかりに碓氷が意味ありげに彼女を見た。香澄はドキリとしたが、コホンと咳《せき》払《ばら》いをしてその思いを振り払う。

「……それもいいと思いますが、私をだしに使うのだけはやめてください」

笑いながら、二人は居酒屋へ入った。新鮮な刺身を出してくれると評判のところだ。

ボックス席へ案内され、香澄はメニューを開く。碓氷も同じように、メニューを見ていた。

「香澄ちゃん、刺身の盛り合わせと天ぷらの盛り合わせがあるけど」

「あ、それ食べたいです！」

すすめられた二点と大根サラダ、生春巻きを、二人で注文する。もちろん、初めにビールを頼むのも忘れない。

乾杯をした後、サラダと生春巻きが来たので取り分けて食べた。それから刺身と天ぷらを楽しむ。

一通り口にした後、香澄は思い切って切り出した。

「そういえば碓氷さん、今日は何かあったんでしょうか？　突然誘われたので驚きました」

「え？」

「会議の準備してる時にいきなりだったので、気になって」

その問いかけに、碓氷は目を泳がせる。

「あー……うん。もういいや」

「なんですか、それ。気になります」

「だからもういい、って」

「言ってください」

言い逃れは許さない、と口を引き結ぶ香澄の顔を覗き込むように見て、彼が小声で尋ねる。

「……引かない？」

「引くかもです」

彼女の非情な言葉に、碓氷が一瞬たじろぐ。仕方なく香澄は、口元を緩《ゆる》ませた。

「怒りませんから言ってください」

「……じゃあ言うけど」

碓氷が箸《はし》を置き、ビールを軽く呷《あお》ってから香澄の目をじっと見つめる。

彼女は首を傾《かし》げながら先を促《うなが》した。

「むやみに他の男に触らせないで」

「……はい？」

「香澄ちゃんに触っていいのは、俺だけだから」

「――？　誰か触ってましたっけ？」

思い当たることがないので、尋ねる。

すると彼は、目を細め鋭い声音で指摘してきた。

「織田に触らせてたよね」

「え？　……あ」

そう言われて思い出す。

確かに織田から手を取られて袋を持たされ、握手をした。その直後に碓氷に声をかけられたので、おそらく彼はその場面を目撃していたのだろう。

（もしかして、これって……）

「碓氷さん、織田さんにヤキモチ焼いてたり……？」

おずおずと小さな声で尋ねてみると、碓氷は恥じる様子も見せずに答えた。

「悪い？」

「いえ、でも……」

「もう二度と、他のやつに触らせないこと。いい？」

「いや、でも」

（碓氷さん、酔ってる……？）

まだ一杯目のビールだ。碓氷はアルコールに弱くはないはずだから、その程度で酔っ払うとは思えない。

「……あの時、なんだか腹が立って、うっかり会議室で詰め寄りそうになった。君は俺と関わり合いがあるって周りに知られたくないみたいだから、我慢したけど」

会議室で彼が変だったのはそういうわけだったのかと、香澄は理解する。

けれど、まさか碓氷がそこまで自分に執着しているとは思わなかった。

（どうしよう……嬉しい……）

独占欲を隠すことなく出してくる彼に、思いきりときめいてしまう。

心臓が、音が聞こえてきそうなくらい速く動き、身体は浮き上がるんじゃないかと心配になるほどふわふわふにゃふにゃしている。

――が、そんな気持ちはあっという間に萎《な》えてしまった。

すぐに気づいたから。

「う、碓氷さん、って……どれだけ私の手首が好きなんですか、もう」

『手首』をことさらに強調して言う。

碓氷が『触らせないで』と言っているのは、あくまでも香澄の手首であって彼女自身ではないのだ。勘違いしそうになるけれど、しちゃいけない。

それが分かってしまい、苦笑いを返すのが精一杯だ。

そんな表情を見られたくなくて、香澄はうつむいた。

少しの間の後、碓氷がヒュッと息を吸うのが聞こえる。

「——香澄ちゃん」

穏《おだ》やかな声音で名前を呼ばれ、彼女は弾《はじ》かれたように顔を上げた。

「な、んですか……」

「……俺は『香澄ちゃんに触らせないで』って言ったんだよ？」

甘い声で碓氷が告げる。

「え……」

「俺が手首だけにヤキモチ焼いてると思った？」

俺が好きなのは手首だけじゃない——彼の目がそう言っている気がして、香澄はドキドキする。

「え？　あ、の……」

「仕事は一生懸命、誠実で人に気を使えて、なんでも美味《おい》しそうに食べる。それに可愛い——そんな子とつきあえたらいいよな、って思ってた」

碓氷が指を折って数えながら、香澄のいいところを挙げる。

そんなふうに褒められ、なんだか気恥ずかしくなって、彼女の頬が火照《ほて》った。

「あ、ありがとうございます」

ぺこりと頭を下げると、碓氷は困ったように眉尻を下げて笑う。

「あー……これ、俺が言いたいこと、伝わってない、な」

「えっ？」

「だから、職場での誘いを断るだしになってくれる？」

「は……？」

碓氷の言っていることは、よく理解ができない。

香澄は口元に戸惑《とまど》いを表して聞き返す。すると彼はクスクスと笑い、今度ははっきりと告げてきた。

「俺とつきあってくれる？」

「……え？　あ、の……」

突然の求愛になんと答えたらいいのか分からなくて、香澄は金魚のように口をパクパクとさせた。

「心配なら職場には、秘密にしておくよ？」

ちょこんと首を傾けて、碓氷が言葉を継ぐ。

今まで見たこともないほど甘さに満ちた彼の笑みを目の当《ま》たりにし、香澄の心の壁は完全に崩壊した。

（あぁもうダメだ）

――私、この人のことが……

気づきたくなかった――いや、気づいていない振りをしていたかった。

その気持ちを心の真正面につきつけられて、もう白旗を掲《かか》げるしかない。

あれほど好きにならない、なるはずがない、なってはいけないと思っていたのに。

『恋なんて、自分の思い通りにならないのが普通なのよ』

律子がそう言ってくるのが目に浮かぶようだ。

「……あの、私でいいんです、か？」

「香澄ちゃんがいいに決まってるだろ」

香澄は疑っていることを隠さず、不安に揺れる眼差《まなざ》しを彼に向ける。

すると碓氷は、ニッコリと笑って身を乗り出した。悪戯《いたずら》っ子のようなその視線になんだか悔しくなり、香澄は上目遣いで睨《ね》めつけて強がってみせる。

「そんなに可愛く睨《にら》まれても怖くないから」

彼は、嬉しそうに目元を綻《ほころ》ばせた。

（あぁ……この人にはかなわないや）

はぁ、とため息をひとつついて、香澄は拗《す》ねた声で応える。

「……よ、ろしく、お願い……します」

「……大事にするからね」

碓氷が香澄の頬に手を伸ばす。何をされるのかとドキドキして目を閉じると、むにっと頬の肉を摘まれた。

「っ！」

痛くはなかったけれどびっくりして、彼女は目を見開く。すぐそこにある彼の顔は、ニカッと白い歯を見せた満面の笑みを湛《たた》えていた。

普段の彼からは想像もできないような、明るく眩《まぶ》しい笑顔だ。

一瞬、うっとりと見とれてしまった香澄だったが、すぐに我に返り、くちびるを尖らせる。

「大事にするって、言ったのに」

「……これはただの挨拶」

そして碓氷は、笑いながらビールを飲み干した。

居酒屋を出た後、いつものように碓氷がアパートまで送ってくれると言い出した。彼は香澄の隣を歩く。いつもと違うのは、二人が手をつないでいるところだ。

初めて手首に触れられた日以来だった。

「手、つなごうか」

彼がそう尋ねてきたので黙ってうなずくと、そっと手を握ってきたのだ。

「もう、こんなとこ、会社の人に見られたら大変なことになるのに……っ」

「……じゃあ、つなぐのやめる？」

碓氷が答えを促《うなが》すように、つないだ手に力を込める。

伝わってくるのは、アルコールで少し高くなった体温と……筋張った男の手の感触。

それが嬉しくてたまらないと、香澄は全身で感じた。

「どうして、こんな変な人を好きになっちゃったんだろ……」

自嘲《じちょう》気味に呟《つぶや》いて、手を握り返す。

「あはは、女の子から『変な人』なんて言われたの、初めてだ」

優しいのに少しだけ意地悪で、でも不快じゃない。一緒にいてドキドキするのに心地よくて。

誰かと離れがたいと思ってしまうのは久しぶりだ。

香澄が甘酸っぱい気持ちを心で温めながら歩いていると、碓氷が静かに切り出した。

「――香澄ちゃんはさ、どうしてそんなに怖がっているの？　俺とのことが会社にバレることを」

確かに、彼からしてみれば過剰反応に見えるだろう。香澄にもそれは分かっている。けれど――

「……私、実は会社の人とつきあってたことがあって」

少し躊躇《ためら》った後、彼女はかすかに震える声で打ち明けた。

「それって、この間話していた人？」

碓氷は鷺の蔵に行った時に話した元カレのことを言っているのだろう。香澄は小さく「はい」と返事をし、言葉を継いだ。

「彼は社内の女の子にモテる人で、どうして私のことを気に入ったのか分からなかったんですが、告白されておつきあいしてたんです」

香澄が彼とつきあっていたのはもう三年以上も前のことだ。

その人は初め、甘い言葉で言い寄り、彼女を褒めそやしてきた。けれど典型的な『釣った魚に餌《えさ》はやらない男』だった彼は、つきあい始めてからは優しさを見せることはあまりなく、自分の意見や嗜好《しこう》ばかりを押しつけたのだ。

そして、社内でも平然と香澄に話しかけ、周囲に気を配ることもない。

当然、二人の交際は周囲の知るところとなり、彼女はちょっとした有名人になった。

碓氷ほどではないものの、人気のあった彼とつきあっていると、女性社員の嫉妬《しっと》の的となり、嫌がらせを受けるようになる。

香澄が絶対的な美貌を持っていたなら、誰も文句を言わなかったかもしれない。けれど彼女よりも見目のいい女性は何人もいる。

そういった女性たちのプライドを刺激してしまったこともあるのか、彼女はあからさまに無視されたり、机に悪口の書かれた紙を置かれたり、わざと不備のある書類を提出されたりと、一通りの嫌がらせをされたのだ。

律子や街田は、そういった女性たちをたしなめてくれたけれど、肝心の彼は何もしない。香澄を守る手立ては一切講じず、むしろ自分がとばっちりを食うと彼女のせいだと責めさえした。

『おまえがちゃんと反論しないのが悪い』

『俺まで嫌味言われたわ』

『マジありえねぇ』

その上、香澄の悪口を言う女性に同調した。

『あいつさぁ、いっつも食ってばっかかなんだよ』

『そのわりには胸も大きくないし』

『そろそろ別れたほうがいいかなー』

その最後の言葉の通り、香澄は別れを告げられた。

初めての社内恋愛は、彼女に癒《い》えない傷をつけたのだ。

律子や街田が、慰《なぐさ》めてくれたのだけが救いだった。

時折言葉を切らしながら、香澄はゆっくりとすべてを碓氷に話す。二人の間に暗闇と静寂が横たわった。

月明かりと街灯が、二人の存在を浮き上がらせる。

どういう反応が返ってくるのか、少し怖くて、香澄の手に脂汗《あぶらあせ》が浮いた。

けれどその手に、ぎゅっと力が込められたのは、すぐ後だ。

碓氷の大きな手が、香澄のそれを包むように握り直してきた。

「――心外だな」

「え？」

「香澄ちゃんは、俺がその男と同じような人間だと思っていた？」

そう言って香澄を上から見つめてくる彼は、少しだけ拗《す》ねたような表情だ。

「い、いえっ、そんなことは……」

「俺さ、さっき言ったよ、『大事にするからね』って。あれ、嘘じゃないよ」

「碓氷さん……」

「香澄ちゃんを大事にしないと、俺、街田と律子ちゃんから殺される気がするし」

「ははは……」

「というのは、冗談だけど。でも――」

碓氷はつないだ手を自分の口元まで持ち上げる。

「——社内恋愛の上書きの手伝い、俺にさせてくれる？」

目を細めてそう告げた後、香澄の手首にキスをした。

「っ、ぁ……はい」

ふわふわと身体が浮き上がってしまいそうな、そんな空気に浸《ひた》りながら、香澄はうわずった声で返事をした。

彼女の様子を見て碓氷は満足げに笑う。そして、つないだ手にもう一度力を込めてきた。

キスをされた手首が熱い。全身が心臓になってしまったみたいに、どこもかしこもドキドキと疼《うず》いている。

香澄が久しぶりのときめきを噛みしめながら歩いていると、あっという間にアパートに着いた。

「じゃあ……帰ったら連絡する」

「っ」

碓氷がそう言って手を放そうとする。香澄は反射的に手にぎゅっと力を込めた。

「……香澄ちゃん？」

「あ、あのっ。……もしよければ、うちでお茶でも飲んでいきませんか？」

あれだけセーブしていた気持ちだ。解き放つと、歯止めが利かなくなってしまう。

つい数時間前までは絶対に好きにならないと誓っていたのに、今の自分の意思はこんなにも脆《もろ》い。

帰ってほしくなくて、離れたくなくて、彼を引き留めてしまった。

香澄はうつむいて、碓氷の反応を待つ。

「……ダメだよ、香澄ちゃん」

「え?」

「そんな簡単に男を部屋に上げたらダメだ。俺はね、紳士じゃないから。差し出されたものはきっちり受け取るし、きれいにいただく主義だよ。……逃げるなら今だ」

情欲を隠さないその言葉に瞳を潤《うる》ませる香澄と、熱のこもった瞳で彼女を見つめる碓氷。

「ぁ……、え、と……」

彼女は何度も目を泳がせる。やがて恥ずかしいと思う気持ちより、離れたくないという欲が勝つ——いや、心はとっくに決まっていた。

逸《はや》る心臓を鎮《しず》めるように胸を押さえて、香澄はこくんとうなずき、碓氷の手をもう一度握り返した。

彼女の部屋はアパートの二階の奥だ。二人は部屋の前まで手をつないだまま歩き、ドアの前で立ち止まる。

「ここです」

香澄が解錠し、ドアを開けた。ワンルームなので玄関に入ると、ほぼ部屋全体を見渡せる。

「可愛らしい部屋だね」

室内を眺《なが》めていた碓氷が言う。

部屋にはナチュラルウッドを基調とした家具が配置されている。それ自体はとてもシンプルでユニセックスなものだが、上に置かれている小物類は女性らしい。動物のオーナメントだったり、小さな観葉植物だったり、きれいなガラス細工だったり——すべて香澄の趣味だ。

「ありがとうございます。緑茶と紅茶とコーヒー、どれにします？」

「緑茶にしようかな」

「分かりました。適当に座っててください」

「ありがとう」

部屋の中ほどにある小さなソファに、碓氷が腰を下ろす。

香澄の心臓は速い鼓動を刻んでいる。この後のことを考えると、急須《きゅうす》を持つ手が震えた。

なんとか無事にお茶を出し終えると、二人でそれを飲みながら他愛もない話をする。

けれど香澄の頭はどんな話をしているかなんて、理解していなかった。

「碓氷さん……シャワー、浴びますか？」

話題が途切れたタイミングで、おずおずと尋ねる。彼はわずかに目を大きくすると、クスリと笑みをこぼした。

「香澄ちゃん、無理しなくていいよ？　さっきのは冗談だから。香澄ちゃんの部屋を見てみたかったんで、上がらせてもらったけど……お茶をいただいたら帰るよ」

「え……帰っちゃうんですか？」

つい香澄の口から本音が出た。どことなく心細げな声になる。

一緒にいたい、帰ってほしくない――その本心が表情に出ていたのか、碓氷が困ったように眉根を寄せる。

「まったく、君って子は……小悪魔の才能があるんじゃないの？」

「そんなの、ないです……」

「さっきも言ったよね。俺は紳士じゃないから……本気にするよ？　このまま俺を泊めたら、どうなるか……知らないから」

「……あなたに手首を触らせた時から、なんとなく、覚悟はしてました」

碓氷に手首を許した時、彼が手首に触れた時――頭ではずっと拒否していたものの、心の奥底では、いつかこうなるのではないかと、香澄は思っていた。

だからだろうか、彼を受け入れることに躊躇《ためら》いめいたものを感じない。

お茶を淹《い》れる前にお風呂を沸かしておいた。それを告げて、彼女はクローゼットからTシャツとハーフパンツに下着、タオルを出す。

「これ、多分碓氷さんも着られると思います」

明らかに香澄には大きすぎるサイズの男物の服と下着を見て、碓氷が軽く眉をひそめた。

「……どうしたの、これ、元カレのとか？」

「ちっ、違います！　一人暮らしをする時に親に持たされたんです。服は弟のおさがりですが、下着は新品ですから」

女性の一人暮らしは危ないからと、メンズサイズの服を時々、洗濯物として外に吊るすように両親から言われていた。やらないより多少はマシ、程度の防犯手段だ。

それらが思わぬ形で役に立つなんて。

香澄よりも二十センチは背が高い碓氷には、ちょうどいい大きさだ。

「いいご両親だね」

碓氷がクスクスと笑った。そして「遠慮なく借りるね」と言い添えて服を受け取る。

香澄は彼を浴室に案内した。ドアを閉める直前、碓氷が一瞬だけ目を細める。

「……本当に、後悔しても知らないよ？」

「その時はその時です」

ほんのりと頬を染めた彼女に、彼はニヤリと笑う。

「……まぁ、後悔させるつもりはないけど」

そうひとこと残し、浴室に消えていった。

シャワーの音を聞きながら、香澄は今さらになって自分の怖いもの知らずな言動におののく。

「わ、私……何しちゃってるんだろう……」

あの碓氷相手にこんなに大胆になってしまうなんて、怖いものどころか命知らずだ。

「私が碓氷さんとつきあうとか、ほんとに……？」

あの時以来、社内の男――特に碓氷のような人気のある男性とはつきあわない、つきあえるはずなどないと思い込んでいた。そもそも、そういう人種に自分が再び選ばれるとも思っていなかったのだ。

ひたすら波風を立てずに平和に過ごし、女性社員たちとも上手《うま》くやってきた。

ここ数年は本当に順調な生活を会社で送っている。そうなるよう努力もしてきた。

それが一瞬にして水泡に帰すのだ――碓氷という存在一つで。

「絶っっっ対にバレないようにしなきゃ！」

香澄は青ざめた顔で決意した。

「――どうしたの？」

振り返ると、お風呂上がりの碓氷が立っている。洗って濡れたままの髪がいつもと違って、なんだか新鮮だ。

「あ、いえ……なんでもないです」

「ならいいけど。香澄ちゃんは、お風呂入らなくていいの？」

「は、入ります！　入ってきます！」

香澄は自分の着替えを抱えて、浴室へ向かった。

シャワーを浴びて、身体を隅々まできれいに洗う。全身をチェックして湯船につかったはずなのに、その間のことを全く覚えていない。

気づいたら、部屋着で碓氷の前に座っていた。

「大丈夫？」

彼が訝《いぶか》しげに香澄の顔を覗き込む。

「は、はい！」

「……ほんとに大丈夫？」

「だ、大丈夫です……、っ」

あたふたと返事をすると、碓氷がクスリと笑った。

「香澄ちゃんのすっぴんって、少し幼くて可愛いな」

「え？　……あっ」

（すっかり忘れてたぁ……！）

ビフォーアフターと言えるほどの凝《こ》ったメイクはしていないし、そんなテクニックも持っていないのだが、やはり他人に——特に好きな人に素顔を見せるのは、勇気がいる。

そのはずなのに、この後の展開だけで頭がいっぱいで、彼に自分のすっぴんを晒《さら》す恥ずかしさが頭からすぽーんと抜けていた。

「す、すみません……お粗末なものをお目にかけて」

「どうして謝るの？　可愛いよ。化粧している顔もいいけど、すっぴんも可愛い」

クレンジングだけはかろうじてしたが、スキンケアを忘れてしまった頬に、碓氷が指を滑らせる。香澄はかぁっと頬を染めた。

「あ……ありがとう、ございます」

小さな声で答えると、ふいに抱きしめられる。

広い胸に頬が当たった。

自分と同じボディソープの匂いが鼻腔に飛び込み、それがなんだかやけに胸を高鳴らせる。

「——このまま普通に寝ようか？」

碓氷が香澄の頭を撫《な》でながら、頭上から尋ねてきた。

「え……」

「今ならまだやめてあげられる」

これが最後通牒だと、彼の落ち着いた口調が言っていた。そんな声でさえ、香澄をドキドキさせるには十分で、心臓が破裂しそうだ。

「……やめなくていいです」

生唾《なまつば》を呑み込んだ後、少しだけ震えた声で呟《つぶや》く。

「あー……もう」

知らないよ——碓氷がそう囁《ささや》いた瞬間、部屋の空気がずしりと重たくなった気がした。

彼の顔を目の当《ま》たりにした香澄は、息を呑む。

そこにいたのは、今まで見たことがない碓氷だ。

甘ったるい色気に浸《ひた》された視線が彼女を捉《とら》えて、がんじがらめにする。

彼は潤《うる》んだ輝きをまとった瞳を香澄に据《す》えたまま、彼女の頬に指を滑らせた。

さっきと同じことをされているのに全然違う。なんて扇情的《せんじょうてき》なスキンシップなのだろう。触れられたところが熱を持って疼《うず》く。

碓氷は指先で香澄のくちびるを幾度も撫《な》で、それから、そっと顔を近づけてきた。彼のくちびるが自分のそれにたどり着くのと同時に、香澄は目を閉じる。

高めの体温が彼女の心音をさらに大きくした。

何度も何度もくちびるを押しつけられ、口元が緩《ゆる》んだところに、舌を差し込まれる。

「ん……っ、ん」

普段の碓氷は比較的穏《おだ》やかだ。時折、香澄をからかったりするものの、感情を昂《たかぶ》らせることなどない。

そんな彼から受ける初めてのくちづけは、溺れてしまいそうなほど激しく、生々しかった。

ぬるりとした熱く長い舌は激情を孕《はら》み、香澄の口内を余すところなく奪う。

まだキスだけなのに、彼女の身体はどんどんとろけ落ちた。

そんなくちづけを続けながら、碓氷が香澄の身体を部屋の奥——すぐそばに置かれたマットレスに敷いてある薄いオレンジ色のシーツの上に、横たえる。

「……もう、やめないよ」

くちびるをつけたまま彼からそう告げられ、香澄は息を乱して何度もうなずいた。頭がぼうっとして、抗《あらが》う気持ちなんて微塵《みじん》も湧かない。

キスが再開されるのと同時に、大きな手が彼女の身体に落ちてくる。首や肩、鎖骨《さこつ》にそっと触れ——

「っ」

身につけていたルームウェアをたくし上げられ、碓氷に促《うなが》された。香澄が身体を浮かすと、するりとそれを抜き取られる。同じようにショートパンツも脱がされ、身体を覆《おお》うのは下着だけになった。

今さらながら恥ずかしくなり、香澄はもじもじと両脚を擦り合わせる。

碓氷が香澄の顔を間近で見つめている。濡れたような瞳に吸い込まれてしまいそうだ。

「――緊張してる？」

「あ、当たり前、です」

「でも初めてじゃ……ないよな？」

確かに過去に彼氏がいたので、初めてではない。けれど、何人も経験しているわけじゃないし、ここ何年も彼氏はいなかった。

「……すっごく久しぶりですもん。いろいろと忘れちゃってます」

「そっか……じゃあ、思い出そうか……気持ちいいこと」

碓氷はニヤリと口角を上げたかと思うと、いきなり香澄の首筋を舐め上げた。香澄は驚いて首をすくめてしまう。

「ん……っ」

彼の手が香澄の肩に行き、ブラジャーのストラップを下ろした。カップがめくれ、桃染色《ぞめいろ》の天辺が露《あら》わになる。

「ぁ……」

「触り心地のよさそうな胸だな」

柔らかな乳房を見下ろした後、彼は両のふくらみを手の平に収め、揉《も》みしだいた。

突然訪れた快感に、香澄の全身が震える。

先端は早くも芯を抱いて硬くなっていた。それを何度か指先で弾《はじ》かれただけで、脳内に火花が散り、口からは色づいた声が漏れる。

「あ……ん、っ」

「いい声」

満足げに笑うと、碓氷が、今度はそこを舌先で弄《もてあそ》ぶ。幾度も転がされ、その都度、香澄の肢体がひくひくと跳ねた。

さらに追い打ちをかけるように甘噛みされ、香澄の喉の奥から甲高《かんだか》い声が上がる。

「あ、あぁっ……んっ、っ」

彼から与えられる熱は、香澄の身体を駆け抜けて一ヵ所に集まっていく。どこに触れられても気持ちがいい。吐息に艶《つや》が増す。

胸から離れた大きな手が、香澄の肢体を下に進んだ。彼の指先が下腹部にたどり着いた瞬間、微弱な電流が流れ、腰が跳ねる。

「あんっ」

ショーツの上からそこをそっと撫《な》でられ、同時に胸の先端を舐《ねぶ》られる。香澄は息が止まりそうになった。

「や……」

「……思い出してきた？」

その反応を楽しむように、碓氷がショーツのクロッチに指を埋めて溝をなぞる。前後に動かし、時折、一番敏感な部分を掠《かす》めた。

「あっ、ゃ……っ」

気持ちがいい——けれど、身体は貪婪《どんらん》で……

もっと確かで豊かな感触が欲しいと願っていた。

彼が指を動かすごとに、布一枚隔てたこちら側で快感が育っていくのが分かる。

ショーツが濡れているのを感じた。

香澄の秘部を覆《おお》う布はとても薄いけれど、大きな壁だ。碓氷の指は絶え間なく快感を与え続けてくれているのに、もの足りない。

いくら触れられても、中途半端に育ちかけた快感はそれ以上大きくならないのだ。

もどかしさに、腰が動く。

内部《なか》は待ち望み続け、あふれた蜜液がクロッチに染みを作った。

「もう着替えなきゃダメだね、これ」

そこを愛撫し続けながら、彼が呟《つぶや》く。楽しくて仕方がない、といった声音だ。

「っ、あぁ……」

「——香澄ちゃん、見て」

香澄が言葉を紡《つむ》げずにいると、ふいに名前を呼ばれた。

彼女は、ぎゅっとつぶっていたまぶたをうっすらと開く。目の前で彼の指がひらひらと動いていた。

「な、に……？」

「これ、どうして濡れてるんだと思う？」

そう尋ねられて目を凝《こ》らす。

滴《したた》るとまではいかないものの、確かに碓氷の指先は濡れていた。動かされる度に光って見える。

「〜〜っ」

すでに火照《ほて》っている香澄の顔が、さらに濃い朱を刷《は》く。

「まだ脱いでないのに俺の指を濡らすなんて、どんなテクニック持ってるの、香澄ちゃん」

「そっ、そんなの、持ってません……っ」

笑いを噛み殺しきれずに声を弾《はず》ませる碓氷に対し、香澄は両手で顔を覆《おお》い隠して、いやいやとかぶりを振った。

濡れたクロッチを押されカリカリとひっかかれると、期待と焦燥で奥が疼《うず》く。脳が焼き切れそうなほど焦《じ》れてどうしようもない。

「あ……もぅ……」

たまらず声を上げようとした瞬間、彼が手の動きを緩《ゆる》める。

「――さて、ここからどうしようか」

「え……」

思いがけない問いを投げかけられ、香澄は絶句した。頬を火照《ほて》らせたまま、口をパクパクと開いたり閉じたりする。

その様子を眺めていた碓氷は、ゆっくりと指をショーツの上に滑らせてきた。緩《ゆる》く、弱く、まるで強い快感を与えまいとするかのような触れ方だ。

「香澄ちゃんは、どんなセックスが好き？」

吐息混じりの声音で囁《ささや》かれると、ゾクリとする。

けれど彼は指の動きを緩《ゆる》めも強めもせず、ただ表面で往復させているだけ。もどかしさが増すばかりだ。

香澄は身体をよじらせて抗議した。

「っ、ゃ……うす……さん、意地悪っ」

「香澄ちゃんがそうさせるんだよ、身体をもじもじさせて、可愛い」

「やだ、も……脱がせて……っ」

「脱がせて、それから……？」

言葉を誘導され、本音が漏れ出る。

「っ、さっきみたいに、触って……っ、は、やく……っ」

「はは、香澄ちゃんは可愛い顔して、いやらしいな」

碓氷が香澄のショーツの縁からそっと手を差し入れてきた。ゆっくりと柔毛をかきわけて、秘裂の表面に触れる。

香澄の腰はひくんと反応した。

まだ慎《つつ》ましく閉ざされている溝に、碓氷がゆっくりと指をねじ込んでくる。

「あんっ、っ」

指が襞《ひだ》の中に埋まると、くちゅっと湿った音が鳴った。

すかさず碓氷が香澄の脚を少しだけ広げる。そして好きなように指を踊らせ始めた。

そこにはすでにたっぷりの蜜がぬかるみを作っている。

「あぁっ、ん……っ、ぁんっ」

「あれっぽっちの愛撫でこんなに濡らしてるなんて、香澄ちゃん……これは想定外だな。もちろん、いい意味で」

耳元で響く彼の声は、愉楽と色気を帯《お》びていて、ますます香澄を感じさせた。

「あんっ、……も……や……っ」

彼女の身体を覆《おお》う最後の布を、碓氷があっさりと取り去る。真裸になったことを恥ずかしいと感じる理性はすでになく、香澄は彼がくれる快感を吸い上げるのに必死だ。

ふいに碓氷が香澄の腿《もも》に手を添えて、今度はぐいと大きく割り開いた。遠慮しないとばかりに、秘部に指を送り込み、彼女の身体を拓《ひら》いていく。

襞《ひだ》を擦《こす》り上げ、円を描き、まだ覆《おお》われたままの花芯を突いた。

その度に、彼女の身体からは蜜液がこぼれ、甘い喘《あえ》ぎがあふれ出す。

「あぁんっ、あっ……んっ、っ」

「香澄ちゃん、あまり大きい声を出すと近所に聞こえるよ？　少しだけ抑えられる……？」

そう言葉ではたしなめてくるものの、彼に香澄を駆り立てる手を緩《ゆる》める気はないらしい。さらにぐちゅぐちゅと大きな音を立てて彼女を煽《あお》る。

「だ、って……っ、うすい、さんが……っ、あんっ、ぁっ」

「そんなに気持ちいい？」

「んっ、きもちぃ……っ」

「……香澄ちゃんって、こういう時は素直になるんだな。普段とは別人みたいだ」

艶《つや》を含んだ声が、楽しそうに弾《はず》んでいる。

「あっ、も……う、すいさんの、ばかぁ……っ」

「こういう時の罵《ののし》りは、褒め言葉だと受け取ることにしてるんだ」

碓氷がわずかに意地の悪い笑みを見せた。そして小刻みに指を動かし、香澄のそこを愛撫する。

「あぁっ、あっ、あっ、んっ、ゃぁっ」

「可愛い声出して……ほんとに気持ちよさそうな声で啼《な》くなぁ、香澄ちゃん」

香澄はあまりに気持ちがよくて、両手でぎゅっと枕を掴《つか》んだ。

肢体をしならせ腰を揺らして快感に身を浸《ひた》す自分の姿は、きっととても淫《みだ》らだろう。

けれど羞恥《しゅうち》なんて、もうとっくに弾《はじ》け飛《と》んでいる。

そして、碓氷が花芯を擦《こす》り上げた瞬間――

「あっ、あっ、あぁっ……いっ……っ」

息が止まり、全身が痙攣《けいれん》した。幾度も腰が跳ね上がる。

快感が頭の天辺まで突き抜け、やがて香澄の身体は、熱を残したまま静けさを取り戻した。

「――まだ終わりじゃないよ、香澄ちゃん」

碓氷がくったりと力の抜けた彼女の両脚をさらに大きく割り、まだひくひくと蠕動《ぜんどう》している襞《ひだ》を眺《なが》めた。そして舌なめずりをする。

「初めて見る香澄ちゃんのここ、きれいだし可愛らしいな」

指で愛撫している最中、彼はずっと香澄の顔を見ていた。だから、彼女の密部を視界に入れたのは、今が初めてなのだろう。

大きく開いたままのそこをじっとりと見つめられ、一度は手放したはずの羞恥心《しゅうちしん》が香澄のもとに戻ってくる。

「ゃ……見ちゃやだ……っ」

「恥ずかしい？」

「ん……っ」

脚を閉じようとしたけれど、碓氷がそれを許してくれなかった。彼は腿《もも》を押さえつけ、はしたない肢位を香澄にとらせる。

「じゃあもっと見てあげる。……すごいな、俺が何か言う度にひくひくしてる。このまだと言葉だけでイッちゃうかもしれない」

彼は恥じらう香澄を堪能《たんのう》している。言葉にいちいち反応する秘部が特に楽しいようだ。

その行為は香澄の身体を一層、悶《もだ》えさせた。彼女は身体をよじらせ、ささやかな抵抗を試みる。

「やだぁ……いかないもん……」

「あはは、舌っ足らずな香澄ちゃんも可愛い」

「ぁ……も、や……」

「あぁ、濡れ具合がすごいね。あふれてきてる。お尻を伝って、シーツまで到達してるな」

容赦《ようしゃ》ない碓氷の言葉にますます羞恥心《しゅうちしん》を煽《あお》られて、香澄はいたたまれなくなった。再び強く頭を横に振る。

「やだぁ……うすいさん……っ」

「あぁごめん、そろそろやめよう。……いや、やめちゃダメか」

そう言って彼はあふれ出た蜜液を拭《ぬぐ》うように、ねっとりと香澄の襞《ひだ》を舐め上げた。

「きゃあっ」

いきなりの快感に、たまらず香澄は悲鳴を上げる。

それにもかかわらず彼はぴちゃぴちゃとわざとらしいまでに大きく音を立てて舐め、時には啜《すす》った。そうしてぬかるみをさらった後、その上の花芯を舌で強く舐める。

「あぁんっ、あっ、んんっ」

一番強烈な快感を生み出す場所を愛撫され、香澄の脳はクラクラし始めた。何度も何度もそこを舐《ねぶ》られ、また軽く達してしまう。

はっ、はっ、と、荒く淫《みだ》らな息を吐き出しながら、瞳を潤《うる》ませる。

けれど、碓氷の愛撫は終わらない。ついには指で花芯を剥《む》き出し、ぷっくりとふくらみきったそれに吸いついた。

「はぁっ、あぁんっ」

刹那《せつな》、香澄は絶頂に押し上げられる。ふるふると身体を震わせ、快楽の波を受け止めた。

彼はそのままじゅる、と音を立ててそこを吸い、舐め続けている。

「やっ、ま、だ、い、た、ばっか……っ、やっ、あぁっ」

達したばかりの敏感なそこに、たたみかけるような快感を注がれ、頭がおかしくなりそうだ。

脚を閉じて強すぎる刺激から逃げたくても、彼の手に阻《はば》まれ、ままならない。

香澄は啜《すす》り泣きにも似た甘い声を上げた。

「——だから言ったよね、『どうなっても知らないよ』って」

碓氷の声が、さらに愉悦に満ちたものになった。

「あぁ……っ、も、だめぇ……っ」

彼は絶え間なく愛撫を施《ほどこ》す。

何度も達して身体のどこを取っても敏感になっている香澄は、胸はもちろん、鎖骨《さこつ》や首筋、おへそに至るまで、ほぼすべての場所で快感を得た。

碓氷が香澄の秘部に顔を埋《うず》めたまま、内腿《うちもも》や腰のくびれに手を滑らせて、あらゆるところから快感を引き出そうとするのだ。

「んっ……あぁっ、はっ」

舐めほぐされたり吸われたり、さらには濡れた指を蜜口へつぷりと差し込まれたり――彼の淫猥《いんわい》な動作にされるがままに反応し、彼女は声を上げる。

「ゃ……っ、ま、た、いっちゃ……っ」

「こんなに濡らして、何度もイッて……本当に久しぶりなのかなぁ」

「んっ、あっ」

碓氷の言葉にこくこくとうなずき、香澄は身体を小刻みに震わせた。瞬間、身体が大きく跳ねる。

快感が爆《は》ぜて肉壁が大きく収縮した。

「あぁっ、んっ、はあっ……っ」

波が去り、身体をくったりと投げ出した彼女に、碓氷が覆《おお》い被《かぶ》さる。緩《ゆる》んだくちびるにキスを与えてくれた。

「いっぱいイケたね。いい子だ」

「……う、すいさん」

「何？」

「……ばか」

「……それは褒め言葉だな」

「……違う……とも、言えない……」

碓氷はクスリと笑うと、Tシャツを脱いだ。顔の造作を裏切らない、しなやかで引き締まった体躯に、香澄は図《はか》らずもうっとりと見入る。

「きれいな身体……」

思っていたことが口をついて出た。そんな無意識の発言に顔が赤らむ。

以前、海浜公園でパドルボードをした時にも美しいと思ったが、彼の裸を目にし、その思いを強める。

真裸の碓氷が、横たわった香澄を上から見下ろしていた。その瞳には壮絶な色気が宿り、肢体には匂い立つような官能の色をまとっている。とても蠱惑的《こわくてき》だ。

ついつい見つめてしまい、香澄は彼にクスリと笑われた。

「……それは俺が香澄ちゃんに言う台詞《せりふ》。ほんと、きれいだよ」

碓氷がマットレスの外に手を伸ばし、避妊具を取る。頬を染めたまま目を見張る香澄に、彼は意味ありげに微笑《ほほえ》んだ。

「持ってたんだよねぇ、運よく」

ヒラヒラとそれを振り、手早く準備をする。そして、香澄がぼうっと天井を見上げているうちに、彼は戻ってきた。

「――香澄ちゃん、まだまだこれからだよ」

ニッコリと笑い、脚の間に割って入る。

「は……」

しとどに濡れた蜜口に、碓氷の屹立《きつりつ》が押しつけられた。ゆっくりと腰を進められる。

香澄のそこは抵抗なく熱い塊《かたまり》を呑み込んでいるものの、異物感と圧迫感はあった。少し苦しい。

「きつ……」

碓氷が眉をひそめて吐き出す。

「それ、は、私の台詞《せりふ》、です」

「は……すごいね、香澄ちゃん。きゅうきゅう吸いついてくる」

香澄の体内には碓氷自身が隙間なく埋め込まれていた。自分の身体が彼を離すまいとしているのが分かる。

碓氷が香澄の秘裂に下腹部をぎゅっと密着させながら身体を重ね、くちづけを落としてきた。香澄は差し出された舌を受け入れる。すぐさま自分のそれが搦《から》め取《と》られ、彼の思うままに翻弄《ほんろう》された。

（熱い……）

密着した肢体と腔内から彼の焦熱《しょうねつ》が移ってくる。その熱は全身に回り、体温が上がった気さえした。

おまけに散々弄《もてあそ》ばれて敏感になっている胸の先端が、彼の身体で擦《こす》れて疼《うず》く。

碓氷はまだ動いてもいないのに、香澄の蜜口からは新しい愛液がじわじわと滲《にじ》み出ていた。

激しく注がれるキスに息が上がりそうになった頃、ようやく解放される。

舌が奏《かな》でていた粘着質な音が、二人の荒い呼吸に変わった。

「……動くよ」

碓氷が腰を緩《ゆる》く動かし始める。

これ以上ないほどの硬度を持った肉塊が、香澄の熱くとろけた襞《ひだ》を押し広げ中に入ってきて、内壁を確実に擦《こす》りながらゆっくりと出ていく。

それを幾度か繰り返されると、香澄のくちびるからは再び歓喜の声が漏れ始めた。

「あふ……、んっ」

「は……やばい」

「……え？」

「めちゃくちゃ気持ちいい……気を抜くと持ってかれそう」

困ったように笑う碓氷を間近で見て、香澄の胸がきゅん、とときめく。自分が彼をこんなふうにしているのかと思うと、嬉しくてたまらなかった。

「あ……んっ、う、すい、さ……っ」

彼の頬に左手を伸ばす。すると、筋張った手にそれを取られた。

彼は手首をうっそりと眺《なが》め、香澄の瞳を見つめたまま、そこに舌を這《は》わせる。

ねっとりと舐め上げられ、そこからゾクゾクとした快感が四肢に走った。

「ぁ……」

執拗《しつよう》なまでに手首を舐《ねぶ》られ、甘噛みされる。時折噛む力が強くなった。けれど、跡がつかないように、彼が加減してくれているのは分かる。

そうしてしばらく香澄を愛《め》でた後、彼は色づいた吐息を漏らす。

「香澄ちゃんの身体……どこもかしこもたまらないな、本当に」

そう呟《つぶや》いて、身体を起こすと、いきなり強く楔《くさび》を突き立てた。

「あぁっ、やっ……っ。うす、いさっ」

「香澄ちゃん……碓氷さんはないでしょ」

香澄の身体を穿《うが》ちながら、彼は責めるような口調で紡《つむ》ぐ。

「っ、え……？　あっ、はぅっ」

「俺たち、つきあってるんだよ？　せめてこういう時くらいは……名前で呼ぼうな、香澄ちゃん」

「ぁ、んっ、け、け……すけ、さん？」

「そうそう、偉いね。俺の名前……ちゃんと知ってた」

「だ、って……仕事で……」

碓氷に頭を撫《な》でられ、香澄は言い訳がましく言った。

仕事柄、部内の人間のフルネームは全員把握している。それは碓氷でなくても、だ。

それが面白くなかったのか、彼はふいに動きを緩《ゆる》めた。

「なんだ……俺だけ特別なわけじゃないのか」

快感の供給を止められ、香澄はもどかしくなる。

碓氷がくちびるを尖らせながらごくごく緩《ゆる》く律動を続けるのに対し、もっとと促《うなが》すように、無意識に腰を揺らした。

「碓氷さん……」

「さっき言ったこと、忘れた？」

「主介、さん……っ」

碓氷がクスリと笑い、今度は彼女の頬を撫《な》でる。

「……ごめん、ちょっと拗《す》ねてた」

そして香澄の上に身体を落として、ぴったりと重なった。謝罪とともに再び深いキスをし、腰の動きを再開させる。

舌が激しく絡み合う音と、愛液をまとった彼の屹立《きつりつ》が動く音が混じり合い、淫猥《いんわい》に響く。

香澄は碓氷の背に腕を回し、彼が与えてくれるものを余すところなく受け入れた。

「んんっ……ふ、ぅ」

擦《こす》り合わされる二人のくちびるの隙間から、甘ったるい声が漏れる。

身体が密着しているので、彼の腰が動く度に花芯まで刺激されて、香澄の快感が増す。

「香澄ちゃん、欲しがりだね」

碓氷がクスクスと笑う。

「ゃ、あっ……ん、は……っ」

「――いいよ、欲しいだけ持っていって」

彼は一旦香澄の体内から出ると、彼女の身体をひっくり返し、腰だけを高く掲《かか》げさせた。後ろから白い双丘を掴《つか》んで開かせ、すっかり潤《うる》みきって充血した秘裂に躊躇《ちゅうちょ》なく雄を突き立てる。

そこはもう碓氷自身の形を覚えたのか、すんなりとそれを受け入れた。

「あぁんっ」

もう遠慮はしないとばかりに、音を立てて碓氷が香澄を穿《うが》つ。

彼女は胸のふくらみをベッドに押しつけられているので、苦しさを感じる。けれど、下腹部は信じられないほど甘くとろけ落ちていた。

「香澄ちゃんの中……うねって締めつけてくる。……分かる？　俺のをうまそうに呑み込んでるの」

「んんっ、あっ、あっ……あぁっ」

碓氷が後ろから手を伸ばして花芯を愛撫した。

「あぁ……っ」

すぎた快感が香澄の身体を覆《おお》い尽くし、脳髄はビリビリと麻痺《まひ》している。太腿《ふともも》にあふれた愛液が垂れ、ベッドに伝い落ちていった。

「やだ、も……壊れちゃ……っ」

「壊れちゃ、ダメだよ……つきあい始めたばかり、なんだから」

そう告げつつも、彼はますます律動を速めていく。

香澄は頬を枕に沈めながら、両の手でシーツを握りしめた。

「ああっ、いい……きもちぃ……っ、あぁんっ、また、い、っちゃう……っ」

ついには喘《あえ》ぎ声《ごえ》に本音が乗る。

「いいよ、イッていいから」

碓氷が肉塊を深く深く埋め、抽送をさらに速くして彼女の秘裂を穿《うが》った。つながった部分からあふれた蜜液が立てる卑猥《ひわい》な音が、さらに大きくなる。

「っ……、あぁんっ」

間もなく媚肉がうねり、香澄は絶頂を迎えた。肉壁は包み込んだ肉茎を巻き込んで、未だに痙攣《けいれん》を続けている。

「あー……もう出しちゃうのもったいないな……まだ香澄ちゃんの中にいたい」

彼女の収縮に耐えているのだろうか。碓氷は眉根を寄せていた。律動を控え、じっくり胎内《なか》を味わっているようにも感じる。

ほんのわずかに汗をまとった手の平が、再び香澄の頭を撫《な》で、それから乱れた髪を指先で梳《す》く。そこから伝わってくる体温が、震える身体を落ち着かせてくれた。

「ぁ……ゃ……、はぁ……」

そして、香澄の身体が平穏を取り戻した頃、彼が彼女の上に身体を落とす。まだ後ろから貫《つらぬ》かれたままなので、背中にぴったりと乗られている体勢だ。

「香澄ちゃん、もう少しだけつきあって」

後ろから耳元でそう囁《ささや》かれて、頂を迎えたばかりの身体がゾクゾクと鳥肌を立てた。数え切れないほど達した身体はさすがにもう反応をしないと思っていたのに、彼の甘い所作にいとも簡単に火を点《つ》けられる。

「あ……っ」

碓氷が香澄の背中を抱きしめたまま横たわり、秘裂に収まったままの屹立《きつりつ》を浅く緩《ゆる》く動かした。

「っ……、やぁ……」

濡れた襞《ひだ》は未だに快感を受け入れたいとばかりに疼《うず》いて、彼の雄をきゅっと締めつける。

「……香澄ちゃんのここは、まだほしい、って言ってる」

そう言ってぐい、と腰を押しつけてくる碓氷。

彼は後ろから手を回して香澄の胸のふくらみをやわやわと揉《も》みしだき、天辺を指で潰《つぶ》す。

「――ここも硬いままだし、ほんと香澄ちゃんの身体って、いやらしいな」

「や、だぁ……っ、そんなこと、言わないでぇ……っ」

羞恥《しゅうち》をちくちくと刺激する彼に、香澄は懇願するように言葉を絞り出す。すると彼がまとっている淫靡《いんび》な色が、瞬時にして無色透明になった――気がした。

「……じゃあ、やめていいの？」

「……え」

「もうやめちゃっていい？」

碓氷はいともあっさりと彼女の中から出ていってしまう。途端、香澄は心身にぽっかりと穴が空いたみたいな寂寥感《せきりょうかん》に苛《さいな》まれた。

唐突に快感の供給をせき止められ、劣情が体内で燻《くすぶ》っている。

香澄は思わず声を上げた。

「ぁ……や……やめ、ないで……っ」

お願いだからと、熱と色のこもった瞳で訴える。

「よかった。もうやめていい、って言われたら、これ、どうしようかと思った」

彼はホッとしたように、硬度を保ったままの漲《みなぎ》りを秘裂へ押しつけた。

「っ、あ……っ」

「意地悪してごめん。絶対気持ちよくするから、もう一度、香澄ちゃんの中に入らせて」

返事を待たずに香澄の身体を上向かせ、改めて脚を大きく開かせる。そして蜜口を強く貫《つらぬ》いた。

「ひっ……あぁっ」

強烈な快感を一気に注がれ、香澄は身体をしならせる。口から悲鳴のような喘《あえ》ぎ声《ごえ》が漏れた。

碓氷が彼女の脚を肩に乗せ、下腹部を密着させる。より深い部分に愉悦を与えようと奥まで穿《うが》った。

その体勢は少し苦しいのに、それを上回る気持ちよさが香澄の全身を支配する。

「あんっ、あっ……ぁあっ、け……すけさん、もっと……っ！　あっ、あ、あっん」

甘く高い声が止まらない。

「──香澄ちゃんの啼《な》き声……ほんと興奮する」

先ほどよりも息を乱した碓氷の声が、そう告げた。

淫猥《いんわい》な色に染まったその声音に、彼女の身体はより昂《たかぶ》り、早くも昇りつめようと蠢《うごめ》く。

彼がくれる快感を少しも逃してはならないと、無意識に拾いにいく。

「やっ、また……っ、あぁんっ、い、く……っ」

漏らしたその言葉を聞くや否や、彼の律動が速まった。双襞がじゅぷじゅぷと激しい水音を立て、香澄の耳を打つ。

「いいよ……、俺もう、イキたい……」

脚を掴《つか》んだ碓氷の手に力がこもる。その刹那《せつな》──

「あぁっ！　……っっ」

香澄は官能の渦《うず》に叩き込まれた。

数瞬の後、碓氷の低い呻《うな》りが聞こえ、蜜口に彼の腰が強く打ちつけられる。少しして、彼は荒い息と汗ばんだ肌を香澄の上に預けてきた。

甘い痺《しび》れと疼《うず》きは、まだ香澄の全身を覆《おお》ったままだ。

それに浸《ひた》りながら、彼の背中にゆっくりと手を回し、滲《にじ》んだ汗を指先で掬《すく》うように撫《な》でた。

どれくらいの時が過ぎただろう——身体の中からずるりと雄が引き抜かれる感触で、彼女はハッと我に返る。

「ぁ……」

香澄に背中を向けたまま、碓氷がてきぱきと後処理をしている。そしてマットレスに戻り、彼女を抱きしめて横たわった。

セックスの最中、下に落としたタオルケットを引き上げ、二人でそれに包《くる》まる。

「かなり想定外だったな」

頭上から聞こえた言葉に、香澄は首を傾《かし》げた。

「何が……ですか？」

「普段の香澄ちゃん見てると、こう、もっとストイックというか、セックスが好きなタイプには思えなかったから」

「……引きました？」

自分でもここまで貪欲《どんよく》に碓氷を求めるとは思っていなかった。けれど、過去にしたセックスよりも段違いで気持ちがよく、つい止められなかったのだ。

「ううん、逆。すごく可愛かったし、気持ちよさそうにしてくれて嬉しかった。俺たち、身体の相性いいよね。そう思わなかった？」

「……まぁ、はい」

自分でも思っていたことをはっきりと言われ、なんだか少し悔しくなる。だから、目の前にある碓氷の鎖骨《さこつ》にカプリと噛みついてみた。

「ちょ……香澄ちゃん、痛い」

「……なんかちょっと腹が立って……ぁふ……」

あまりに疲れているせいか、ふいにあくびが出た。慌てて口元に手を添えると、碓氷がその左手を取る。

香澄の手首をじっと見つめて、大事そうに幾度か撫《な》でた。

「──俺が手首フェチになったのって、実はそんなに昔のことじゃないんだよ」

「はい？」

いきなりの話題に、香澄は目を見開く。

「シアトルに赴任する直前、俺、あまりにも忙しすぎて、高熱出して会社で倒れちゃって──」

それを聞いた瞬間、香澄の中で何かが目覚めた気がした。もっとも態度には出さなかったので、何も気づいていないだろう碓氷は、話を続けている。

「その時に社内の診療所に運ばれたんだけど、そこのベッドで寝ている間に夢を見たんだ」

曰《いわ》く、夢に現れた女性がとても美しく——特に額《ひたい》に触れてくれた手がきれいで輝いて見えたらしい。そしてその手首には、ほくろが三つ並んでいたそうだ。

碓氷が目を覚ますと、看護師の女性が汗を拭いてくれていた。けれど目に入った彼女の手首にはほくろはない。どうやら朦朧《もうろう》とした意識の中、夢とうつつが交錯していたようだと言う。

「あの時の夢が忘れられなくて、同じ手首を持つ女の子に出逢いたいと、ずっと願っていたんだ」

碓氷はうっとりとした表情で夢の女性の話をして、愛《いと》おしそうに香澄の手首にキスをした。

そんな彼の言葉に、香澄はガツンと頭を殴られたような気がする。彼女はすべてを思い出した。

——それは三年近く前のことだ。

香澄は、本社に出張に行った研究開発部員に忘れ物を届けにいった。リリース間近の忙しい最中《さなか》、その社員は重要な書類を桜浜へ忘れてしまったのだ。他の者も同様に忙殺されていて時間が取れず、やむを得ず庶務の彼女が届けることになった。

無事に本人に手渡し、とんぼ返りで桜浜へ帰社しようとした時、ロビーに通じる廊下で目の前を歩く男性がふらつき、いきなり倒れた——それが碓氷だったようだ。

運悪く周囲に誰もいなかったので、香澄が彼を支え、社内に併設されている診療所へ連れていった。

ところがあいにく医師と看護師は他の患者にかかりきり。仕方なくついていた香澄に、彼は朦朧《もうろう》としながらも、『ありがとう……』と、お礼の言葉を告げた。

その時の出来事を、碓氷は夢だと思っているのだろう。

香澄は多忙な中のその出来事を、今の今まですっかり忘れていた。

けれど全部思い出した今、確かにあの時の男性は碓氷だったと断言できる。

（どうりで見たことがあったはずだわ……）

なぜずっと忘れていたのだろう。そう香澄は、悔やむ。

碓氷は、あの時の手首の持ち主が香澄本人だとは気づいていないらしい。

彼の話しぶりや手首フェチに至った経緯を聞くに、その夢に出てきた女性を相当美化している。熱に浮かされた中の出来事だったせいか、あいまいな香澄の姿を理想の女性像に変換したのだろう。

（とてもじゃないけど、あれは自分だなんて言えない……）

本当のことを知られて幻滅されてしまったら……。理想と乖離《かいり》していると鼻で笑われたら……。もう二度と会わないと言われてしまったら……

笑って受け入れるには、あまりにも碓氷への気持ちが育ちすぎていた。

「──香澄ちゃん？　大丈夫？　顔色少し悪いけど。……俺が無理させすぎた？」

心配そうに顔を覗き込む彼に、香澄は薄く笑ってかぶりを振る。

「だ、大丈夫、です」

（絶対、言えない……）

香澄は真実を呑み込んだ。

＊＊＊

『ほうほう、碓氷さんとつきあうことになったか』

翌日。香澄は碓氷とのことを電話で律子に話していた。すぐにそんなリアクションが返ってくる。

「律子、驚かないの？」

『なんでよ？』

「だって、碓氷さんだよ？　あんな人が私とつきあうなんて……」

『香澄は自分を卑下《ひげ》しすぎなのよ。十分お似合いだから安心しなさい。碓氷さんのほうからつきあおうって言ってきたんでしょ？　もっと自信持っていいんだから。それに、碓氷さんはあいつとは違うのよ』

律子は元カレのことを持ち出した。香澄はその言葉に、頭では納得する。

「うー……ん。……あ、碓氷さんからメッセージ来た」

しばらくして、受信音が鳴ったので見てみると、碓氷からだった。

〝今度の土曜日に『白妙《しろたえ》に烟《けぶ》る誘惑』の劇場版、観に行きたいと思ってるんだけど、どうかな？〟

そう書かれている。

「――映画観に行こう、だって」

『おつきあい、順調ですなぁ。頑張れ！　私と朔哉が応援してるから！』

「……頑張る、けど」

香澄はぼそりと拗《す》ねた口調で返した。そのまま律子との電話を終え、すぐに碓氷に返信する。

〝私も行きたいと思ってました。原作が好きなので楽しみです〟

そう打ち込んだ。

『白妙《しろたえ》に烟《けぶ》る誘惑』は人気ミステリー小説の映画化作品だ。香澄も観に行くつもりでいたので、ちょうどよかった。

彼からもすぐに返事が来る。

〝俺も渡米前に原作読んだんだよ。面白かった。実写化の出来がどうなのか、楽しみだよな。

香澄ちゃんと趣味が合って嬉しいよ〟

それを読んで、香澄の胸が高鳴る。そんな単純な自分に少し悔しくなった。

何を着ていこうとか、どんなアクセサリーをつけようとか、今から土曜日のことをあれこれ考えてしまう。

それだけ彼への気持ちは大きいということだ。

けれど、同時にため息も出た。

「はぁ……」

（碓氷さんは本当に私でいいのかな……）

それは昨日からずっと思っていたことだ。

想いの大きさに比例して、胸の内に燻《くすぶ》る不安も増す。

確かに碓氷のほうからつきあってほしいと言われたし、セックスも――いやあれは自分から誘ったわけだが――。とにかく、二人は恋人と言っても差《さ》し支《つか》えないと思う。

ただ、職場の女性を軒並《のきな》み夢中にさせるほど魅力的な男性とつきあうのは、正直怖かった。いくら律子に励まされたところで、その恐怖を拭《ぬぐ》い去《さ》ることなんてできない。

かと言って、碓氷を好きな気持ちを消すこともできなかった。

（男の人とつきあうって、こんなに――）

気持ちが乱高下《らんこうげ》するものだったかしら……

香澄は長らく忘れていた――いや、むしろ今まで感じたことのない戸惑《とまど》いを、二十六歳にもなって味わっていた。

（今はまだ、このまま碓氷さんと一緒にいたい……）

だから彼の『夢』の件は絶対に黙っていよう。

『――見つけた、俺のシンデレラ……！』

初めて香澄の手首を見た時、碓氷はそう言っていた。

けれど――

「シンデレラ、というより、人魚姫だよね、この展開……」

（人魚姫みたいにバッドエンドにならないといいな……）

香澄は、ほぅとため息をついた。


一週間後。

「立花さん、ちょっといい～？」

パソコンを睨《にら》んだままの課長の品川に呼ばれ、香澄は彼のもとへ行った。

「なんでしょうか？」

「今月の締めで勤怠チェックしてたんだけどね。ほら、この日エラー出てる理由、分かる？」

品川は、課員の出退勤のチェックをしていて、西《にし》という社員の勤怠表にエラーを発見したようだ。

「あ、これはですね、打刻間違いだと思います。西さん、この日私用で外出してらしたはずですが、帰ってきた時にモードを変えずに打刻をしたせいでエラーが出てるみたいです。後で西さんに帰社時間の修正申請をするように伝えておきますね」

就業時間中に私用で外出する時は、タイムレコーダーのモードを『外出』と『帰社』に変える必要があるのだが、それを忘れるとエラーが出る。ところが、私用で外出する従業員は滅多にいないので、それを忘れる者は多い。西も失念していたようだ。

また、品川も頭の中から抜けていたのだろう。覚えていたのなら、香澄に聞かなくとも気がついていたに違いない。

「面倒かけてごめんね。西くんに伝えるの、任せていい？」

「はい、大丈夫です」

「助かるよ、ありがとう立花さん」

香澄が品川に会釈《えしゃく》してから自席に戻ると、ちょうど終業のチャイムが鳴った。同時に、彼女の斜め前に座っている男のもとへ、須永が駆け寄っていく。

「碓氷さん！　よければ今日、飲みに行きませんか？」

「あ……すみません。女性とサシで飲みに行くと、彼女に怒られちゃいますので、申し訳ないんですが……」

碓氷がその言葉を発した途端、課内がどよめいた。そのどよめきには、香澄の分も含まれている。

（ちょっ、何言い出してるの、碓氷さん！）

かろうじて表情には出さずに済んだが、メールをタイプミスしてしまった。平静を装《よそお》いつつ、文章を直す。

「え……碓氷さん、彼女いるんですか？」

須永が口元を引きつらせて問う。対して碓氷は、ニッコリと満面の笑みを浮かべた。

「先週末からつきあい始めたばかりなんです」

「……あの、それって、この会社の人ですか？」

「……違いますよ」

しつこい須永にわずかながら躊躇《ためら》った後、彼が答えた。おそらく香澄のことを考えての嘘だ。

「そういうわけなんで、すみません。課の飲み会とかなら参加させてもらいます」

碓氷はきれいに笑うと、まだ仕事が残っていると言ってパソコンに向かった。

香澄はそれから少しだけ残業をして、帰り支度をする。

碓氷と一緒に映画を観に行くのは明日だ。あまり遅くなってはデートに差《さ》し障《さわ》るので、早めに仕事を終えた。

挨拶をして職場を出ると、スマートフォンのメッセージアプリが受信を告げる。見ると、碓氷からだった。

〝明日、九時に車で迎えに行くけど大丈夫？〟

会社の人間に見られないように考えてくれているのだろうかと、香澄は嬉しくなる。

〝迎えに来てくれるんですか？　ありがとうございます、嬉しいです〟

すぐに素直な気持ちを返信した。再びメッセージが来る。

〝少し遠い映画館に行こうと思って。香澄ちゃんはそのほうがいいだろ？〟

〝気を使わせてしまって、すみません〟

碓氷とつきあうことになってから一週間が経つが、その間、こうしてメッセージや電話のやりとりしかしていない。

職場で公私混同はしたくないし、何より女性社員たちにはバレたくないのだ。

元カレとのことを伝えていたおかげか、碓氷は香澄が何も言わなくても秘密にしてくれていた。

彼女の気持ちを尊重してくれている。その彼の配慮に幸せな気持ちになる。

そのまま自宅に帰って夕食を済ませた。お風呂に入った後、明日、どんな服を着ていこうかと悩む。

何せ、つきあって初めてのデートだ。少しでも可愛く見られたい。

野暮《やぼ》ったくなく、かと言ってあまり派手ではない——そんなコーディネイトを考える。

クローゼットからいくつもの服を引っ張り出し、あれでもないこれでもないと頭を悩ませた。

気がつくと、軽く二時間は経っている。香澄を中心にして、部屋中に洋服が散らばっていた。

結局、手持ちの中では可愛らしさと清潔感のあるものを選ぶ。

気に入ってほしいなんて望めないけれど、せめて幻滅されるのだけは避けたかった。


そして、翌日。

碓氷は納車されたばかりの車で、香澄のアパートまで迎えに来てくれた。乗っているのは、レッドメタリックのクロスオーバーSUVだ。

「その服、可愛いね」

開口一番、彼が告げる。

「あ、ありがとうございます」

長時間悩んだ甲斐《かい》があったと、香澄は嬉しさを噛みしめた。

こういうところも、彼が女性に人気がある所以《ゆえん》なのだろうか。自然にそういう褒め言葉が出てくるのがすごい。

碓氷は助手席のドアを開けて香澄を促《うなが》した。

車内を汚してしまわないよう、埃《ほこり》を落とすために何度か足踏みする彼女を、クスクスと笑う。

「そんなことしなくていいから。俺は神経質じゃないよ」

「は、はい……」

香澄はおずおずと乗車した。すぐにドアを閉めてくれた碓氷が運転席へ戻り、シートベルトを締める。

「新車の匂いがしますね」

香澄は鼻を鳴らした後、そう言った。新車独特の匂いが車内に残っている。

「帰国してすぐ注文したんだけど、納車に結構かかっちゃったからね。……ちなみに、人を乗せるのは香澄ちゃんが初めて」

そう言って、彼は車を走らせた。

(新車の助手席に初めて乗せたのが、私?)

「ほ……んと、ですか?」

「こんなことで嘘ついてどうするの」

信号待ちで停まった時に、おどけた口調で言う。

「……嬉しいです」

「そう言ってもらえると、俺も嬉しいです」

彼はさらにおどけて香澄の口調を真似した。

碓氷が連れていってくれたのは、桜浜から車で一時間ほど行った、他県にある総合アミューズメント施設だ。ボウリングやその他のスポーツ設備、ゲームセンターや映画館も併設されている。

確かにここなら、会社の人間に会うことは滅多にないだろう。似たようなスポットは桜浜にもいくつかあるので、わざわざ他県にまで来る知り合いはいないと信じたい。

二人はまず、約束通り映画館に行き、窓口で座席表を見せてもらう。

（カップルシートがあるんだ……）

香澄は仕切りなしで並べる座席があるのを目にし、迷った。

「ここ、お願いします」

すぐに碓氷が座席表を指差す――カップルシートだ。弾《はじ》かれるように見上げると、彼女の顔を見てニッコリと笑った。

「……ダメだった？」

尋ねられ、香澄はぶんぶんと首を横に振る。

「私も、そこがいいと思ってて……」

頬を染めながら小声で告げると、そっと頭を撫《な》でられた。

チケットを受け取り、二人で売店へ行って、飲み物とポップコーンを買う。碓氷が映画代を出してくれたので、せめて飲食代は出したいと、香澄は譲らなかった。

「香澄ちゃんはなかなかに頑固だね」

「……すみません、可愛げがなくて」

碓氷が笑うので、香澄は小声でぼそりと謝った。彼はますます笑みを深める。

「謝らなくていいよ。そういうところも香澄ちゃんのいいところだから」

そして劇場に入り、二人はカップルシートに座った。前に作りつけられた小さなテーブルに、飲み物とポップコーンを置く。

「楽しみですね」

「香澄ちゃんはこのシリーズ好きなの？」

「好きです！　この作者の著作は全部持ってます」

声のテンションを上げて香澄は答える。

原作の作家は趣味がガーデニング、という花好きだ。デビュー作から最新作に至るまで、すべての著作のタイトルに花の名前が使われている。

今回の映画『白妙《しろたえ》に烟《けぶ》る誘惑』も例外ではない。白妙《しろたえ》というのは牡丹《ぼたん》の一種だ。

香澄は原作者のファンで、今回の実写映画も絶対に観たいと思っていた。先日までは一人か、学生時代の友人を誘うつもりでいたので、こうして碓氷に誘ってもらえたのが本当に嬉しい。

「へぇ、そうなんだ。俺はね、貝塚《かいづか》教授シリーズは全部持ってる」

「あ、貝塚教授シリーズ面白いですよね。あの教授って、ちょっと品川課長っぽくないですか？」

「そう言われてみれば……少し似てるかも」

そんなふうに話をしている内に、ブザーが鳴り劇場内の照明が落とされた。

原作を読んでいるといっても、映像で観るとやはり新鮮さを感じる。映画は原作者に敬意を払っているのが観て分かるほど、丁寧に作られていた。また映画オリジナルのシーンが効果的に挿入されていて、原作を知っていてもかなり楽しめている。

そして作品の半ばで、主人公とヒロインがいい雰囲気になるシーンになった。そこに差しかかった時、香澄は左手にぬくもりを感じる。

左側に座っている碓氷の右手が、彼女の左手を握っていた。

（あ……）

ドキリとして一瞬手が震える。けれど、香澄はその手を振り払わなかった。

シーンが進むにつれ、彼の指が手首のほくろを掠《かす》めていく。その都度、そこが疼《うず》き、回を重ねる度にそれは大きくなっていった。

今まで手首に性的な感覚を覚えたことなどなかったのに、こうして彼に触れられただけで、切ない気持ちが湧いてきてたまらない。

もっともっと、触ってほしいと願う。

何回か手を取られ、たった一度抱かれただけなのに。

香澄の身体は碓氷を、そして彼がくれる快楽を覚えてしまっていた。

今もこうして奥底に眠っていた情欲が顔を出し始めている。

一週間前のように、ねっとりと甘く細胞が溶け合うほどに肌を重ね合いたい。シーツも髪もぐちゃぐちゃに乱れるまで、突《つ》き貫《らぬ》いてほしい。

そんなことを考える。

(だめ……映画に集中しなくちゃ)

そう思うのに、息を乱さないようにするのが精一杯だ。身体が快感を欲していて、どうしようもない。

あれほど観たいと思っていた映画なのに、最後の十数分は頭に残っていなかった。

エンドロールが終わっても、香澄は立てないでいる。

「香澄ちゃん、どうし……」

碓氷が彼女の顔を覗き込み、息を呑んだ。

「……っ」

「……っ」

彼女の頬は火照《ほて》って朱を刷き、瞳は水の膜を張って潤《ほと》びている。映画を観てこうなったわけではない。

「俺のせいだよね」

彼が苦笑するのに、香澄は黙りこくってうなずいた。

「この後、ゲーセンかスポーツ施設で遊んでいこうかと思ってたんだけど……どうする？」

その提案に何も答えられず、彼の袖口を摘まむ。

香澄の瞳には、紛れもない劣情が宿っていた。

「……とりあえず、ここから出ようか」

碓氷が手を取って香澄を立ち上がらせ、劇場の外に連れ出す。

そしてロビーのベンチに座らせてから、自分はスマートフォンを取り出した。

「ごめん、少しだけ待てる？」

うなずいた香澄を残し、彼は外に出る。数分後、香澄のもとに戻ってきた彼は、再び彼女の手を取った。

「行こう」

香澄を連れて車に乗る。

どこに向かっているのと聞きたくて、香澄は助手席から碓氷の顔を見つめた。

「あ……の……」

「アーリーチェックインできるホテルがすぐ近くにあるんだよ。部屋もちょうどキャンセルが出て空いてたから、予約しておいた。今日はそこに泊まろう。オーシャンビューだし、温水プールもある」

「はい……」

彼女はただうなずいたのだった。

碓氷が言った通り、そのホテルには車で三分ほどで着いた。

海の前にあるそこは、まさにリゾートホテルといった感じで明るく活気ある雰囲気に包まれている。大きな屋内プールと水着で入れる温泉があり、一年中にぎわっているそうだ。

二人はチェックインをした後、建物の中にある売店に寄った。泊まるための準備などしていないので、そこでいろいろ調達する。

部屋はやはりオーシャンビューで、天気がよいことも手伝い、素晴らしい眺《なが》めだ。

けれどその景色を堪能《たんのう》する精神的余裕など、今の香澄にはない。

まだ日が高く、日射しが南向きの部屋を明るく照らしているにもかかわらず、室内にはすでに重たいピンク色の空気が漂《ただよ》っている。

「わ、たし……お風呂、入ってきます……」

「香澄ちゃん」

窓際に立っている碓氷に告げ、バスルームに向かおうとすると、引き留めるように声をかけられた。振り返った先では、目元にたっぷりの色気を湛《たた》えた彼が、誘惑の笑みを浮かべている。

「おいで」

「でも――」

「いいから」

穏《おだ》やかな、けれど強い意思を秘めた声音が、香澄を引き寄せた。

碓氷はクイーンサイズのベッドに静かに乗り上げ、ヘッドボードにもたれて彼女を抱き込んだ。香澄の身体を自分の上に乗せたまま、耳元で囁《ささや》く。

「俺が手首に触ってたから、発情しちゃった？」

そう尋ねられ、香澄は戸惑《とまど》う。けれど、彼の胸に顔を埋《うず》めたまま、素直にうなずいた。

「――じゃあ、香澄ちゃんがしたいこと、全部してあげる。……っていうか、していいよ」

その言葉に、彼女は無意識に息を呑む。これから自分の身に起こることを想像して、身体の奥が熱く反応した。

「……したい、です」

「何がしたい？」

「キス……」

「分かった。……ん」

碓氷が軽くくちびるを尖らせた。いわゆるキス待ち顔だ。

こんな表情でさえ、きれいでカッコイイから困る。

香澄はほんの少し悔しく思いながら、それでも情欲を抑えることなく、彼のくちびるに自分のそれを寄せた。

ちゅ、ちゅと、何度かリップ音を鳴らした後、舌先で碓氷のくちびるを突く。応じるように、彼がわずかにそこを開いた。

香澄はおずおずと舌を差し入れる。すると、待ち受けていた碓氷の舌が、それを搦《から》め取った。

「っ、ん……っ」

湿った音が明るい室内に響く。

くちづけを続けたまま、香澄は碓氷のプルオーバーのシャツをたくし上げ、つけていた革のネックレスごと、彼の首から引き抜いた。

されるがままになっていた彼も、服を脱がされたのを合図に、彼女のトップスに手をかける。手慣れた様子でそれを抜き取ると、間髪《かんはつ》を容《い》れずに背中に手を回し、ブラジャーのホックをぷつりと外した。

たわやかで柔らかいふくらみが、ふるんと揺れる。

お互い上半身に何もまとっていない状態だ。

「――これからどうする？」

碓氷が目を細める。

「……っ、さ、わって……」

「ん？」

「胸も、お尻も、全部全部、触って、ください……。うす……圭介さんと、一つになりたい。もう、我慢で――」

最後まで紡《つむ》ぐことはできなかった。

碓氷が香澄の頭を引き寄せて、くちびるを塞《ふさ》いだから……

息が止まってしまうほどの濃密なキス。

「う、ん……っ」

彼の舌が生き物のように蠢《うごめ》いて、口腔を犯してきた。くちびるをみっちりと封じられて、呼気すら漏れない。

同時に裸の胸をまさぐられ、揉《も》まれた。大きな手の平の中のふくらみが、彼の思うままに形を変える。

気持ちがよくて、甘い吐息が香澄の鼻から抜けていった。

彼の手はスカートに侵入し、両の尻たぶを掴《つか》んだと思うと、いやらしく揉《も》みしだく。そして双丘を割り開き、ショーツのクロッチを容赦《ようしゃ》なくずらした。露《あら》わになった女の部分に指を埋めてくる。

早くもくちゅり、と濡れた音が響いた。

「んぁっ」

あまりの快感に、香澄はくちびるを離して高い声を上げる。

碓氷はそのまま、ぬかるみをかき混ぜて、ぬちゃり、ぐちゅり、と、とろみのある音を轟《とどろ》かせた。

「濡れ方が尋常じゃないね。触る前から下着までびしょびしょ。……もしかして、映画館でもう濡れてた？」

そう囁《ささや》かれ、ますます蜜があふれ出す。

襞《ひだ》に埋まった指が何度も何度もそこを往復して、時折花芯をきゅっと捏《こ》ねた。すると、甘い電流が香澄の全身を駆け抜けていく。

愛液はとめどなく流れて、スカートも濡らした。

「あっ、あっ……っ、んっ、やぁっ」

「こんなにはしたなく濡らして。そんなにしたかったの、香澄ちゃん……淫乱」

「っ、あぁんっ……っぁ、あぁ……!!」

罵《のの》り言葉なのに、なぜか身体は切なくわななき、香澄は早くも絶頂を迎えた。

全身が震えて、蜜口はひくひくと疼《うず》く。しばらくして静けさを取り戻しても、体内にはまだ快楽の火種が燻《くすぶ》り、今にも火を噴きそうだ。

碓氷が嬉しそうに香澄の身体を起こす。自分の脚に跨《また》がらせたまま、デニムパンツの前立てを寛《くつろ》げて、ベッドのヘッドボードに手を伸ばした。

「ほら香澄ちゃん、欲しかったら自分で準備して」

香澄の手を取り、その手の平に避妊具の袋を載せる。

彼女はうなずき、震える手で彼の下着をずらした。すでに硬く張り詰めている昂《たかぶ》りを目《ま》の当《あ》たりにして、息を呑む。

「……ぁ」

恥ずかしい気持ちと、これが欲しいと願う欲望とが、絡み合う。

見てはいけないと思うのに目が離せなくて、はしたないと思うのに今すぐ挿《い》れてほしい。

香澄は無意識に生唾《なまつば》を呑み込んでいた。

「わ、たし……つけ方、よく分からなくて……」

今までそんなことをしたことも なかった。避妊具に触れたこと自体、ほとんどない。碓氷を誘ったり、淫乱と言われるほど情欲を滴《したた》らせたりしているけれど、彼女はこういうことに慣れていなかった。

「じゃあ教えてあげるから、貸して。これからもすることになるんだから、覚えておいたほうがいい」

碓氷は避妊具の袋を破ると、中身を出して香澄につけ方を教えてくれた。

触れた彼の雄はとても熱い。指先が溶かされそうになり、香澄の欲をことさらに煽《あお》る。

「今すぐほしい、って表情《かお》してる」

碓氷が頬を指先でなぞってきた。

「っ」

香澄の頬は、かぁっと赤く染め上がる。彼がクスリと笑った。

「ほら、自分で挿《い》れてごらん」

碓氷の両手が香澄の腰を支えて浮かせる。彼女は慌てて彼の腰に手をついて身体を支えた。

その間に碓氷は、パンツを下着ごと脱いでいる。香澄は一旦彼の上からどくと、スカートとショーツを自分で脱ぎ捨てた。

真裸になった恥ずかしさを感じるものの、それ以上に碓氷が欲しい。

再び彼の身体を跨《また》ぎ、とろけた密部を熱い塊《かたまり》に押し当てた。

「ん……っ」

屹立《きつりつ》に手を添えて秘裂に合わせ、ゆっくりと腰を下ろす。

「ぁ……はぁ……」

蜜口をみちみちと押し広げて入ってくる感触に、苦しさと、それを上回る期待が湧いた。

「っ、相変わらずきついね、香澄ちゃんの中」

碓氷が一瞬、眉根を寄せる。

内部《なか》にすべてが収まると、香澄は大きく息を吐き出した。肢体がふるふると震えている。

「だめ……もぅ……」

「イキそう？」

何度もうなずいてから、彼女は気を紛《まぎ》らわせようと碓氷の引き締まった身体に手を滑らせた。きれいで、しなやかで、見ているだけで劣情を煽《あお》られる。

うっとりとして肌の感触を楽しんでいると、次の瞬間、衝撃に襲われた。

「っ、きゃあっ」

碓氷が下から強く突き上げたのだ。

「やぁっ、だ、めぇ……っ」

「香澄ちゃんがイケるよう、手助けしてるんだよ」

少しゆっくりではあるが、彼が彼女の最奥を抉《えぐ》るように穿《うが》っている。

あと数回も突かれたら達してしまう——香澄がそう思った時には、もう遅かった。

「あぁっ、んっ、んんっ」

あっという間に媚肉が収縮し、彼女の身体は昇り詰める。

絶頂を終えた今もなお、身体の震えが止まらず、双襞は碓氷の雄を銜《くわ》え込んだまま、びくんびくんとわなないていた。

「すごいな、まだベッドに上がってから十分も経ってないのに、二度もイッたね。……元々こんなにイキやすい体質だった？」

香澄は思い切り首を横に振った。

短時間でこんなに気をやるどころか、過去のセックスにおいて膣内で達した記憶すらない。碓氷に抱かれ、初めて中で絶頂を味わうことができたのだ。

それをたどたどしく告げると、彼は悪魔のように美しい表情になる。

「そっか、じゃあ今日は何度イケるか、限界まで試してみる？」

そして、甘美な時間が始まった。

「――あぁんっ、あっ、あぁっ……っ、きもちぃ……っ」

香澄の秘裂は今、ぐちゅぐちゅと泡立つ音を立てながら、碓氷の雄を呑み込んでいた。

もう何度達しただろう――二人ともおそらく覚えていない。

それほど長い間抱き合っている。

彼女は再び碓氷の上で彼の肉茎を受け入れていた。

初めは恥ずかしいと思っていた体位だったけれど、今はひたすら快感を追うのに必死で、羞恥《しゅうち》など消え失せている。

彼が気持ちよくなっているのかは気になるものの、「香澄ちゃんの動きたいように動いて。自分で気持ちよくなってごらん」と言うのに甘え、慣れないなりに腰を揺らした。

「可愛い……香澄ちゃん、気持ちよさそう」

碓氷はとけた目を細めたまま、ふるふるとたゆたう香澄の胸のふくらみを手中で愛撫している。

「んんっ、ゃ……っ、も、い、く……っ」

「――じゃあ、また手伝うよ」

そして、言葉と同時に、下から強く突き上げた。

「ああっ、んっ、あっ、あ……っ」

そのまま濡れた蜜口を貫《つらぬ》き続け、彼女の到達を手助けする。

「ぁん、あぁっ……っ‼」

彼に幾度か揺さぶられた後、香澄はあっけなく昇り詰めた。

それから若干の時間が過ぎる。心身が少し落ち着き、彼女は電池が切れたように碓氷の胸に身を預けた。

「は……、はぁ……」

「……香澄ちゃん、まだ終わりじゃないよ」

碓氷がくったりした香澄の身体をベッドに横たえる。

「や……も、無理ぃ……」

「はは、大丈夫だよ。香澄ちゃんは横になってるだけでいいからな。俺が勝手に動く」

ニッコリ笑ってそう言うと、力の入っていない彼女の脚を開き、雄を突き入れた。

「はぁっ」

散々貪《むさぼ》ったにもかかわらず、こうしてまた与えられると香澄の身体は反応してしまう。

ベッドに置かれたフカフカの枕を握りしめながら、香澄は彼がくれる快感を総身で受け止めていた。

ベッド下に置かれたゴミ箱には、いくつも使用済み避妊具が捨てられている。大きな窓にかけられたレースのカーテンの向こう側では、日が傾き始めてオレンジ色の光景が広がっていた。

痺《しび》れた脳の端っこで、思う。

(私、こんなに淫乱な女だった……?)

何度達しても飽くことなく、碓氷を受け入れて悦《よろこ》んで濡らしている――こんな身体、知らない。

(碓氷さんだから……?)

香澄の身の内で固く固く閉じていた官能の蕾《つぼみ》が、碓氷という快楽の水を与えられ、花開いているようだ。

「ほんと、いやらしいね、香澄ちゃんは……。その顔なんか、たまらない」

彼がそう評する彼女の表情は、しどけなく口元を緩《ゆる》め、瞳を溶かして潤《うる》ませた、色気をたっぷりと放つものだ。

わずかに息を乱した碓氷が、香澄の左手を取り、手首を舐め上げる。途端、蜜口がきゅっと締まり、中の漲《みなぎ》りを引き絞った。

香澄の手首はもはや疑いようもなく、敏感な性感帯となっている。

律動を続けたままの碓氷が、手首のほくろをきつく吸い上げると、赤黒い跡が花のように白い肌に浮かび上がった。

「これ……見られたら何か言われちゃうかな」

「や……だめぇ……っ、す、わないで……っ」

くちづけの跡をペロリと舐められ、香澄はいやいやとかぶりを振る。

ぬかるみからは、絶え間なく粘着質で淫猥《いんわい》な音が聞こえていた。

襞《ひだ》からあふれた愛液は、彼女自身はもちろんのこと、碓氷の下腹部や腿《もも》、そしてベッドのシーツまでをもしとどに濡らし、とどまることを知らない。

香澄の胸の天辺は彼の愛撫で赤く色づいている。彼の手の平で擦《こす》られる度に敏感に反応し、ひくん、と疼《うず》いていた。

ふいに碓氷が彼女の手首を弄《もてあそ》んでいた片手を下ろし、香澄の柔毛の奥に忍ばせる。

「ひっ、あぁっ、や、だ、そこ……っ、また、い、っちゃ……っ」

そして、すっかり爛熟《らんじゅく》して真っ赤にふくれた花芯を、親指の腹で円を描くように愛撫する。たちまち香澄の腰は跳ね上がった。

ぶわりと全身が総毛立ち、快感がまとわりついてくる。

幾度も達しているのに、こうしてまた触れられると、敏感なそこが愉悦を吸い上げた。

甘くて熱くて――終わりのない苦痛にも似た、官能の坩堝《るつぼ》。

香澄は息を乱しながら、その甘美な奈落に身を委《ゆだ》ねた。

「何度も何度も……イッてるのに、まだキツくて……俺の食いちぎられそう」

彼が苦笑いをしたまま、香澄を強く穿《うが》つ。

「あぁんっ、だ、めぇ……っ」

じゅぷじゅぷと、肉と肉が擦《こす》れ合《あ》う生々しい音が、室内に放たれた。

乳房は大きく揺れ、黒茶色の髪が白いシーツに散る。むき出しになった喉には、汗と唾液が筋を作っていた。力任せに掴《つか》まれた枕は、もはや原型を留《とど》めていない。

「あっ、あっ、あぁっ、も……い、……んんっ」

香澄の身体は弾《はず》み上《あ》がり、痙攣《けいれん》した。肉壁がぎゅっと雄に吸いつく。

「っ、……は……っ」

碓氷が眉を歪《ゆが》めるのと同時に、中を余すところなく貫《つらぬ》いていた屹立《きつりつ》が大きく脈打った。

「は……ぁ……」

香澄はベッドにくったりと身体を沈ませる。

もう指一本動かしたくないほど、体力を使い果たしていた。快感を追いかけて身体が勝手に動いたのだから、仕方がない。

室内の濃厚な空気は、徐々に薄まっている。気がつけば、もう夜更けだ。

「ベッドぐちゃぐちゃだな。何をしてたのか一目瞭然《りょうぜん》だ」

避妊具の後始末をした碓氷が、困ったように言った。

「う、すいさん……お、なか、すいた……」

香澄は掠《かす》れた声を出す。

性欲の次は食欲かと、自分でも呆れるが、お腹の中が空っぽだ。今もぐうぐうと音を立てていて、すごく恥ずかしい。

「そっか、俺たち昼前にポップコーン食べただけだ。何かルームサービスを取ろうか？……でもその前に少し片づけないと。いかにもセックスしてました、っていう光景だから、これ」

香澄は自分の身体を叱咤《しった》して、なんとかシャワーを浴びた。ベッドを整えてから、ルームサービスで夕食を取る。

「碓氷さんとおつきあいすると身体がもたない……」

ホテルに備《そな》えつけられたルームウェアを着て、ベッドに横たわりながら言う。シーツがどことなく湿っている気がするけれど、我慢した。

「えー……香澄ちゃんのほうから誘ってきたのに？」

碓氷も同じようにルームウェアを身につけ、彼女の隣に寝転がった。

「だって、碓氷さんとつきあう前はこんなんじゃなかった……」

「香澄ちゃんがこうなったのは、俺のせい？」

ふいに彼が香澄の左手を取る。

手首の内側には、彼が残した跡がまだくっきりと残されている。

碓氷がそこにキスを落とし始めた。

「っ、ゃ……」

ゾクリと電流が香澄の身体を抜ける。

「──俺が香澄ちゃんに惹《ひ》かれたせい？」

その刹那《せつな》、心がズキリと痛んだ。

（私に……？）

どこかもやもやした思いを振り払うように、彼女は慌てて告げる。

「……碓氷さんのせいであることは、間違いないです」

「あはは、そっか。俺の責任かー」

そうおどけて笑い、碓氷が香澄を抱き寄せる。

「──香澄ちゃんに対する責任問題は後で話し合うとして、今日はもう寝よう」

最後に香澄の額《ひたい》にキスをし、彼女を抱く腕に力を込めた。

（私に惹《ひ》かれた──か）

碓氷のひとことがやけに引っかかる。けれど、とにかくまぶたが重くて、深く考える前に香澄は眠りに落ちた。

＊＊＊

碓氷とのおつきあいは順調だった。

彼は何もかもが完璧だ。恵まれたルックスにあぐらをかいて傍若無人《ぼうじゃくぶじん》に振る舞ったりなどしない。

言い寄る女性たちには「彼女が大切だから」と断言し、思わせぶりなことを匂わせもしなかった。

本人の台詞《せりふ》の通り、香澄にもこの上なく優しい。お姫様みたいに大切に扱ってくれる。

身体の相性も素晴らしくいい……と、香澄は思う。

彼とのセックスは極上のデザートのように甘く、時には烈火のように激しく、香澄をとろけさせ、溺れさせた。

さらに碓氷は、職場の人間に交際を気づかせないため、気を使ってもくれている。

デートは遠出にしたり、お互いの部屋で過ごしたりだ。

ただ、香澄の手首に執着を見せるのも相変わらずだった。

一緒にいると左手を触ってくることが多い。時折くちびるを押しつけ、それがまた彼女の情欲を煽《あお》る。

『本当に香澄ちゃんのここは、俺の理想……ずっと触っていたい』

彼が嬉しそうにそこに触れてくればくるほど煽《あお》られる情欲に反して、香澄の不安はじわじわと大きくなっていく。

時折、彼が例の夢の話をすることもあり、それもまた彼女の精神を削っていた。

（本当に、私のことを好きでつきあってくれてるのかな……）

そして香澄は、ある時ふと気づいた――碓氷は一度も自分に好きだと伝えてくれたことがない。

いや、正確には言われたことはある。

ただしそれは、あくまでも『手首』のことだ。

彼女自身に対して告げられたことは、なかった。

あんな完璧な人からこれだけ大事にされておいて、これ以上何を望むのか、と自分でも分かっている。けれど、つきあっている以上、彼自身の口から愛の言葉を聞きたいと思うのは贅沢《ぜいたく》ではないはずだ。

律子に相談してみようかとも思ったものの、「本人に聞いてみればいい」と答えられそうで、躊躇《ちゅうちょ》した。できるものなら、とっくにそうしている。

「ねぇ、私のこと好き？」

なんて、みっともなくて聞けるはずがない。それに、めんどくさい女だと思われるのも怖かった。

自分でも相当こじらせているなぁと実感している。

結局のところ、碓氷のことが好きだし、別れたくないのだ。

(ほんと、どうして好きになっちゃったんだろう)

齢《よわい》二十六にして、とんでもなく厄介《やっかい》で不相応な男とつきあってしまった。

香澄は大きなため息を吐き出す。

そんなふうにうじうじとした悩みを身の内に押し込めつつ、彼女は碓氷との幸せな日々をさらに数週間過ごした。

＊＊＊

「あれ、立花さん、そのブレスレット可愛いですね。もしかして、彼氏からもらったとか？」

香澄の席に来ていた後輩社員が、彼女の左手首に目を留めて言った。

「そんなんじゃないよ。えっと、自分で買ったの」

「え～、またまたぁ。ちょっと顔赤くなってますよ～」

彼女の言葉にドキリとしてしまうが、会社では彼氏がいないことになっているので手を振って否定する。

「いやいや、ほんとに自分で買ったから！」

「怪しいなぁ……」

「そ、そんなことよりほら、これ研修の申込書。明日までに書いて私に提出してね」

香澄は数枚の紙をクリップで留め、後輩に差し出した。彼女は釈然としない表情で、自席へ戻っていく。

（ふぅ……まさかこれについて聞かれるとは思わなかったなぁ）

左手首につけた細いブレスレットを隠すように、香澄は右手を置いた。

後輩の指摘通り、このブレスレットは自分で買ったものではない。

一昨日《おととい》の土曜日、碓氷と例の映画館があるアミューズメントスペースへ再び遊びにいった。ある意味、前回のリベンジである。

スポーツやゲームでひとしきり遊んだ後、二人は海が見えるレストランで夕食を取った。そしてデザートを堪能《たんのう》した頃、碓氷が平たい箱をテーブルへ置いたのだ。

彼曰《いわ》く、『つきあって一ヵ月の記念に』とのことだった。

細いチェーンに色とりどりの石が配置されたブレスレットが、キラキラとカラフルな光を放っている。

突然のことに驚いてバカな質問をしたことを、香澄は思い出す。

『え……これ、私にですか？』

『もらってくれる？』

『あ……りがとうございます、嬉しいです』

『今の服にも合ってる。……貸して』

碓氷は香澄からブレスレットを一度受け取り、当然のように彼女の左手首にそれをつけた。

『あぁ、いいね』

手首にかかったチェーンを指先でなぞりながら、彼はうっとりと呟《つぶや》く。

香澄は喜びの中に、ほんのかすかな歪《ゆが》んだ何かが滲《にじ》んでくるのを感じた。けれど、そんな感情には知らんぷりをして、その時はただ嬉しさだけを碓氷に伝えたのだった。

そんなブレスレットを後輩にからかわれた今も、心の端っこはチリリと痛んでいる。

その痛みを押し殺して、彼女は他部署へ書類を届けに向かった。

フロアを三階ほど下ったその部署にいる目的の人物に会って用事を済ませた後、香澄は自分の課に戻るべく早足で歩く。

少しでも早く、このフロアを去りたかった。

滅多に来ない部署なので居心地の悪さを感じる。でも、ここにいたくない理由は、それだけじゃなくて――

「香澄？」

後ろから名前を呼ばれた。その聞き覚えのある声に、嫌な予感がする。

無視したかったけれど、そういうわけにもいかず恐る恐る振り返った。

「やっぱ香澄だ。久しぶりだな」

「……高塔《たかとう》さん」

思った通り、声の主は元カレの高塔だった。

この男に会いたくなかったので、早く自分の部署に帰ろうとしたのに。

「何、うちの部署に用？」

「……はい、でももう終わりましたから。失礼します」

香澄は会釈《えしゃく》し、きびすを返そうとする。一刻も早くこの男から離れたかった。

見た目だけならそれなりにイケメンで目立つため、彼といると周囲の目を引いてしまう。

今も周りにいる社員が、こちらをチラチラと見ていた。中には二人がかつて恋人同士だったことを知っている者もいる。

変な噂を立てられるのはごめんだ。

（やだもう、早く帰りたい……！）

「なんだよ、せっかく会ったんだから一緒にコーヒーでも飲もうぜ。どうせ、そんなに急ぎの仕事ないだろ？　つきあえよ」

高圧的な口調で呼び止められ、香澄は心臓が痛くなる。

つきあっていた時も、こんなふうに強引に物事を決められることが多かった。当時は
それが頼もしくて好きだったけれど、今となってはわずらわしいだけだ。

「忙しいんで」

素っ気なくそう告げて今度こそ立ち去ろうとする。すると、腕を掴《つか》まれた。

「待てってば。……へぇ」

強引に目の前に立たせた彼女の全身を舐めるように眺《なが》め、高塔が目を細める。

「おまえ、俺とつきあってた時より色気が出てきたな。昔は完全に色気より食い気だっ
たのに。……ってか、相変わらず食ってばっかだったりすんの？」

「よ、余計なお世話です！　離してください」

二の腕を強く掴《つか》まれた香澄は、痛さで顔を歪《ゆが》ませる。

「――おまえ、男できただろ？」

「っ」

唐突にそう尋ねられ、図《はか》らずもビクリと身体が震えた。

「やっぱりできたんだ？」

「で、できてません」

弱々しく首を横に振るが、信じてもらえない。高塔は嫌な笑みを浮かべたまま、彼女の首筋を指差した。

「キスマークついてるぞ、ここ」

「っ‼」

（やだ、嘘……っ）

彼の言葉に反応して、香澄は掴《つか》まれていないほうの手でそこを隠す。

碓氷からセックスの最中にキスマークをつけられたことは、何度もある。でもそれは、決まって左手首のほくろの上だ。香澄はそこに小さく肌色のサージカルテープを貼ることで、跡を隠していた。

まさか首筋にまでつけられていたなんて――

香澄の顔色が若干悪くなる。

「――な～んてな、うっそ」

「え……」

高塔がくつくつと笑いを堪《こら》えていた。

「かまかけてみたんだよ。おまえ、バカみたいに単純な手にあっさり引っかかってやんの」

「……っ、からかうの、やめてもらえません？」

「俺、今、彼女いないんだよな〜。より戻してやってもいいぜ」

（私に彼氏がいる、って自分で指摘しておいて、何言ってるの、この人）

「お断りします」

高塔の考えていることは理解不能だし、支離滅裂だ。

どうしてこんな人を好きだったのだろうかと、香澄はかつての自分が信じられなかった。

「今つきあってるやつより、俺のほうが顔もいいだろ？」

彼は自信満々で言ってくるが、今の香澄にはなんら響かない。

（碓氷さんのほうがすべてにおいて上よ。……そんな人が私とつきあってくれてるなんて、信じられないけど）

確かに高塔はイケメンの類《たぐい》ではあるものの、社内トップクラスの美形である碓氷には及ぶべくもなかった。

見た目も性格も所作も、どれを取っても碓氷は段違いでハイレベルだ。

そう考えた時、香澄はまた軽く落ち込んでいた。

（ほんと……碓氷さんは、私のどこがよくてつきあってくれてるのかな……）

「な、いいだろ？　今日の帰りにでもおまえんち行こうぜ」

ふいに高塔が掴《つか》んでいる彼女の腕を解放し、顎《あご》に手を伸ばしてくる。

（やだ、気持ち悪い……）

嫌悪感が香澄の全身に湧いた。かつてつきあっていた人とはいえ、もう関係ない男に身体を触られるのは嫌だ。

「やめてください！」

ボリュームは抑えめにしつつも、強い口調で拒否の意を表す。

「なんだよ、俺がまたつきあってやる、って言ってんのに」

顎《あご》を掴《つか》まれている腕に力が加わった。振り払いたいのに、かなわない。

（もう、やだ……！）

会社の廊下で男から顎《あご》を掴《つか》まれるなんて、ありえない出来事だ。恥ずかしいやら気持ち悪いやら、ありとあらゆる不快感が香澄を襲う。

その時、誰かの声がした。

「——知ってる？　今、セクハラは重大なコンプライアンス違反なんだけど」

また聞き覚えのあるものだ。

香澄と高塔が振り返ると、そこには碓氷が立っていた。手には新聞を何部か持っている。

「碓氷さんっ！」

「碓氷？　そういえば日本に帰ってきてたんだっけ。久しぶりだな」

香澄から手を離した高塔が、碓氷を見て肩をすくめた。

「え……碓氷さんと高塔さんはお知り合いなんですか？」

高塔が碓氷を知っているふうだったことに、香澄は驚く。けれど、高塔の言葉を聞いた碓氷は、眉根を寄せて首を傾《かし》げた。

「――？　……ごめん、誰？」

「おまっ、同期のことを忘れるとか、ありえねぇだろ！」

（え、同期⁉）

香澄は目を見張る。

驚く彼女といきり立つ高塔をよそに、碓氷は反対方向へ首をひねった。

「いや……俺の同期にはセクハラするようなやつはいなかった……と思うけど」

「何言ってんだよ、セクハラなんて大げさだな！　ちょっとミーティングスペースでお茶しよう、って誘ってただけだよ！」

高塔が半分呆れたような声を上げる。

しかし、碓氷は彼を睨《にら》みつけた。そして香澄の背中に手を添える。

「女性の顎《あご》掴《つか》むとか普通じゃないし、どう見てもセクハラだろ。うちの大切な庶務さんに変なことしたら、課員みんなが黙ってないから。――行こう、立花さん」

「あ、はいっ……！」

この機を逃したら高塔に捕まったままになる。香澄は碓氷に促《うなが》されるのに従い、ポカンと口を開いた高塔を残し、その場を立ち去った。

「大丈夫だった？」

十分にそこを離れた後、碓氷が香澄に声をかけてくる。

「はい……助けていただき、ありがとうございました」

「……香澄ちゃんが言ってた元カレって、あいつのことだったんだ？」

彼は少し苛立《いらだ》ったような、低い声で尋ねた。

「そうです。もう三年以上前に別れましたけど。っていうか、高塔さん、碓氷さんの同期だったんですね？　……碓氷さんは忘れてるみたいですけど」

そういえば高塔とつきあっている時、街田が彼を同期だと教えてくれた気がする。例によって香澄はそれについて完全に失念していた。

それにしても、碓氷まで自分の同期を忘れているなんて——

「はは、忘れてなんかないよ。高塔だろ？　しっかり覚えてます。あれは……ちょっとした意趣返しみたいなもの。香澄ちゃんにセクハラまがいなことしてるから。ああいうプライドが高い男は、あんなこと言われたら悔しがるだろう。しかも俺から」

高塔とは同期だが、気が合わずあまり話をしたことがないと、碓氷は言う。向こうは碓氷や織田をライバル視しているのか、何かと突っかかってきたらしいが、彼自身は大して気にしてなかったそうだ。

香澄は苦笑いをした。

「セクハラに関して言えば、碓氷さんも人のこと、あまり言えませんからね」

彼女にいきなり『手首に触らせて』と言ってきた碓氷は、本来なら、高塔のことを言えた立場ではない。

「そういえばそうか」

碓氷が声を出して笑う。

「ところで、碓氷さんもこのフロアに用事があったんですか？」

いつまでも立ち話をしているわけにはいかないので、二人はエレベーターに向かって並んで歩く。

ここで無理に離れるのも不自然だ。香澄は不本意ながら碓氷と一緒に歩いた。

「あぁ、前にやったITエキスポの特集が新聞に載ってたみたいで、同期からもらってきたんだ」

碓氷が手にしていた新聞を掲《かか》げる。

香澄は気持ちを切り替え、改めてお礼を言った。

「そうだったんですか。……でも本当にあの場にいてくださって、助かりました。高塔さん、言い出したら聞かないから……」

「……よく知ってるんだな、あいつのこと」

「まぁ……。おつきあいをしていたことがあるので、それなりには」

拗《す》ねた口調でそう言った時、ちょうどエレベーターが来た。二人は一緒に乗り込む。

中には誰もおらず、二人きりだ。

ドアが静かに閉まった。

「俺も――」

「え？」

碓氷が何かぼそりと言った。なんと言ったのか聞こえなくて、香澄は彼の顔を見上げる。すると彼は、香澄の耳元に顔を寄せた。

「俺も香澄ちゃんのこと、よく知ってるよ……手首が感じやすいとか」

「っ！」

予想もしていなかった甘い声音に、香澄は驚きを通り越して倒れそうになる。

「なーんて」

おどける彼に、眉を吊り上げた。

「碓氷さん！　こんなところでなんてこと言うん――」

多少小声ではあるが、盛大に抗議する。けれど最後まで言葉を放てなかった。

（え……）

突然に暗くなった視界、塞《ふさ》がれたくちびる、訪れたぬくもり――

何をされたのか気づいたのは、碓氷のくちびるが離れてしばらく経ってからだ。

黙って碓氷の顔を見つめていると、エレベーターが止まり、ドアが開く。

彼は優美な笑みで香澄を見つめ、それから操作盤の『ひらく』ボタンを押した。優しく彼女を外に促《うなが》す。

「お先にどうぞ」

「あ……はい、ありがとうございます……」

香澄はぎくしゃくとした足取りで、フロアへ出た。

しばらくそんな調子で歩いていると、碓氷に後ろから抜かされる。その時、肩にそっと手を置かれた。

それもまた一瞬の出来事だ。

香澄の顔は真っ赤になっていた。

密室の中だったのが幸いし、彼にキスをされた場面は誰にも目撃されていない。防犯カメラには映っているだろうが、それを見られることはないはずだ。

しばらくしてそのことに気づき、胸を撫《な》で下ろして自分の席に戻る。

頬が赤くなっていたせいか、品川に熱でもあるのかと尋ねられた。それには、急いで戻ってきたせいだと思うと答える。

そうして終業時刻になった。ふいに社用スマホがメッセージの受信を告げる。

アプリを開くと、一言だけのメッセージが表示された。

〝尻軽女〟

（えっ……!?）

突然の罵倒《ばとう》の言葉に、嫌な感じで心臓が跳ね上がる。

それからすぐに、また受信音が鳴った。再びメッセージが表示される。

〝普段、碓氷さんになんて興味ありませんって顔してるくせに、二人になると顔赤くしちゃって、恥ずかしいの〟

二人でエレベーターに乗り込んだところか、降りたところを見られていたのだ。文面からすると降りた場面の可能性が高い。

あの時は確かに動きがぎこちなくなっていたし、顔を火照《ほて》らせていた。

思いがけずエレベーターで想い人と二人きりになれて頬を染めている。そんなシチュエーションに見えたのかもしれない。

メッセージの送信元の電話番号に、覚えはなかった。

けれど自分のデスクの端末で番号を調べると、その名前には見覚えがある。

高塔と同じ部署の女性社員・安井《やすい》だ。

以前高塔とつきあっていた頃、香澄に嫌がらせをし、彼と二人で悪口を言ってきた女性だ。

また安井は、碓氷が桜浜に赴任した時から、フロアが違うにもかかわらず度々やってきては碓氷に秋波を送っている。

須永とはまた違うタイプで、美人と名高くはあるが須永以上に性格がきつい。女版・高塔とも言える人物だ。

香澄がくちびるを噛みしめていると、新しいメッセージが送られてくる。

〝高塔さんだけじゃなく碓氷さんにまで色目を使うなんて、身のほど知らずもいいとこ。あんたの家に鏡はないの？〟

小馬鹿にするような絵文字とともに送られてきたその文面を見て、深いため息が出た。

「お先に失礼します……」

荷物をまとめて、香澄は部署から少し離れたところにある更衣室へ向かう。ドアをノックして開けるのと同時に、中から自分の名前が聞こえてきた。

「え、立花さんが⁉」

「そ、高塔さんに誘われてた。どうしてあんな人がいいのかしら」

「アレじゃない？　簡単にやれる、とか？」

「えー、立花さんって高塔さんと別れたんじゃなかったの？」

「ああいう女は尻が軽いんだって」

声の様子からすると、安井と仲のいい女性社員二人のようだ。高塔と同じ部署で、どちらも香澄の後輩。香澄が高塔とつきあっている時に、安井と一緒になって嫌がらせをしてきた面々だった。

(だから高塔さんとは会いたくなかったのに……!)

香澄が中に入ろうか迷っている間にも、二人の会話は続いている。

「——安井さんが見たらしいけど、碓氷さんにも色目使っちゃってたんだって。節操ないったら」

(色目なんて使ってない)

さすがに針のむしろに自ら《みずか》座るまねをしたくはなかったので、香澄はそっときびすを返す。

その時、予想もしていなかった言葉が耳に飛び込んできた。

「碓氷さん、アメリカに彼女いるっぽいのにねー」

「っ」

思わずビクリと身体が震えて、荷物を落としそうになる。歩き出そうとしていた足が止まった。

「碓氷さんくらいのイケメンなら、アメリカ人の美女ともつきあえるよね〜」

「理想の女性、って言ってたくらいだから、相当美人なんだろうね」

香澄は息をひそめてその会話を聞く。

(アメリカに、理想の女性……)

頭の中が白くなっていく。何も考えたくないと、身体が拒否反応を起こしている。

香澄はとにかくその場を離れようと、ゆっくりと足を動かした。

売店へ行き、ペットボトルのアイスティを買う。イートインスペースでそれを飲みながら、ひたすら頭を空っぽにしようとした。

どれくらい時間が経っただろう。ぼうっとしたまま過ごしていたことに気づき、立ち上がる。

時計を見ると、あれから二十分ほどが過ぎていた。そろそろ戻っても大丈夫な頃だ。

香澄は重い足取りで再び更衣室へ向かう。幸い、中には誰もいなかった。

けれど、自分のロッカーの扉が、色とりどりの付箋《ふせん》紙で埋まっている。ご丁寧に一枚一枚、何かしらの文言が書かれていた。

「……っ」

『ブス!』

『身のほど知らず!』

『尻軽!』

『わきまえろ!』

ありとあらゆる雑言が巻き散らされている。

おそらく、書いたのは先ほどの二人だろう。

いつもの香澄なら、剥《は》がして捨て、終わりにする。けれど、今はあの二人の言葉が心に重くのしかかっていた。

アメリカに彼女がいるとは、本当だろうか。碓氷のことが頭から離れない。

（碓氷さん……）

今すぐ彼に会って確認したいという気持ちと、本当のことを知りたくない気持ちがせめぎ合っている。

一枚、また一枚と付箋《ふせん》を剥《は》がしていきながら、香澄は大きくため息をついた。

「……帰ろ」

大量の付箋《ふせん》紙をゴミ箱へ捨て、バッグを持って社屋を後にした。

翌日、香澄は不安を抱えつつ出社した。ロッカーには何もされていなかったが、机の上にゴミがぶちまけられている。

（やっぱり）

昨夜から予想していたので、驚きはしない。香澄は淡々とそれらをゴミ箱へ戻す。

仕事に影響する嫌がらせはまだされていないので大丈夫だ。

さりげなく碓氷の机を見るが、こちらに何かをされた痕跡はない。本人が出社した後も、こっそり様子をうかがったが、別段変わった感じはなかった。

けれど昼休みも半ばを過ぎた頃、社員食堂を出た香澄は、須永に呼び止められる。

「立花さん、ちょっといいですか？」

「あ……うん、何？」

「ちょっと」

冷たい視線で目配せされ、香澄は言われるがままに後をついて行った。

（今度はこっちかぁ……）

安井たちとはまた違う方向から嫌味でも言われるのかと思うと、憂鬱《ゆううつ》になる。

須永は空いている小会議室のドアを開けて中に誰もいないことを確認すると、スタスタと室内へ入っていった。香澄も彼女に続く。

「あの……何か大事な話？」

威圧感を醸《かも》す須永に気圧《けお》されながら、おずおずと尋ねる。

すると、はっきりとした声が返ってきた。

「立花さんって、碓氷さんとつきあってるんですか？」

想像していたよりも鋭い質問だ。

いきなり核心を突かれ、香澄は目を見開いて固まる。心臓がバクバクと激しく動いているのが分かった。

「え……っと、つきあってない、けど？」

「でも、そのブレスレット、碓氷さんからもらったものですよね？」

「っ、ど……」

どうしてそれを知っているの？　――危《あや》うくそう言いそうになり、慌てて口を噤《つぐ》む。

自分を落ち着かせるために、大きく息を吸った。

「こ、これは自分で買ったの。……碓氷さんとは別になんでもないよ」

ごまかしてはみたものの、須永は信じてくれない。フン、と鼻で笑われた。

「上のフロアにいる私の友達が、碓氷さんがそれを買うのを見てるんです。立花さんが碓氷さんと二人で一緒にいるのを見た子もいます。お二人のことは噂になってるんですよ。ごまかしても無駄です」

「え……？」

香澄の顔から血の気がひく。

恐れていたことが起こってしまった。デートをしている現場を目撃されていたなんて。

二人で外に出かけている以上、どんなに遠くへ行こうとも知り合いに見られる可能性はゼロにはならないと分かっている。

けれど、こうして面と向かって事実を突きつけられるのは、心臓に悪すぎる。

脂汗《あぶらあせ》が手の平に浮いた。

「立花さんはご存じないでしょうけど、碓氷さんにはアメリカに好きな人がいるんですよ」

「っ、す、きなひと……？」

昨日更衣室で聞いた話に出てきた女性のことだろうか。

香澄は目を瞬《またた》かせる。

「――これ、見てください」

須永は一枚の紙を差し出してきた。それは何かの印刷物のカラーコピーのようだ。

「これ……何？」

「シアトル研究開発センターの社内報です。向こうの社員や駐在員にしか配布されないものなので、コピーですが」

見ると、そこには碓氷の写真が載っていた。

「碓氷さん……？」

「社内報には毎号、日本人駐在員のインタビューが掲載されるんです。それは碓氷さんのインタビューで、確か半年近く前の号です。読んでみてください」

須永に促《うなが》され、香澄は記事を読み進めていく。そして、とある部分で目が止まった。

（これ……）

そこには、好きな女性のタイプに対する碓氷の回答が載っている。

『どういう女性が私の理想かについては、内緒にさせてください。でも先日、理想の女性に出逢いました』

そう書かれていた。

「これ……」

「それ、日本に帰国する前のインタビューですよね。だから、少なくとも立花さんのことじゃないですよ、その『理想の女性』って。碓氷さん、社外の女性とつきあってるって、はっきり言っていましたしね」

震える香澄に須永が冷たく言い放つ。

やっぱり、昨日、更衣室で聞いた女性の話は本当だったのだ。

香澄はその記事だけですべてを悟った。

おそらく碓氷の理想の女性とは、理想の手首を持った女性のことだ。その人はアメリカにいる。

『もうオンリーワン、って言っていいと思う。これ以上の手首には、もう出逢えないね』

碓氷は香澄の手首をそう評した。

けれど本当は、唯一ではなかったのだ。

アメリカにも、香澄のように『理想の手首』を持った女性がいる。なんらかの事情でその人との交際は成就《じょうじゅ》しないまま、彼は帰国したに違いない。

そして香澄と出逢った、というわけだ。

手近に自分の理想に適う女性がいれば、妥協もするだろう。

(そうでもなきゃ、あんな完璧な人が私とつきあうはずない……っ)

すべては、あの『夢』の女性に通じている。

あの夢があってこその『理想の女性』なのだ。

香澄の顔がやるせなく歪《ゆが》んだ。須永の表情が勝ち誇ったものになる。

「とにかく、碓氷さんにかまってもらってるからって、のぼせ上がるのもほどほどにしておいたほうがいいですよ。……みっともないんで」

クスリと嘲笑《わら》われた瞬間、香澄の中で何かがぷつりと切れる。

「……私が人を好きになるのは、そんなにみっともないことなの？」

ぼそりと呟《つぶや》いた言葉は、須永の耳に届かなかったようだ。「は？」と眉をひそめられた。

香澄は、今度ははっきりと口にする。

「私が人を好きになっちゃいけないの？」

すると須永が、少し怯《ひる》んだ。

「っ、う、碓氷さんを好きになるなんて、身のほど知らずだって言ってるんです！　少しは考えてみてくださいよ。立花さん、あの人と釣り合うと思います？」

（そんなこと、私が一番よく分かってる……！）

安井からも同じことをメッセージで送られた。これは香澄が今まで散々悩んできた問題だ。

それでも好きな気持ちを抑えることなんてできない。

碓氷が優しいから――ほの甘い日々にどっぷりと浸《つ》かってしまい、分不相応さには目を背《そむ》けていた。

だからといって、他人にとやかく言われる筋合いはない。

「……須永さんには関係ないことだから、放っておいて」

こぼれ落ちた本音に、須永がカッと目を剥《む》く。

「人が親切に忠告してあげてるのに！　信じられない！」

激昂した挙句、いきなり香澄の肩を突き飛ばす。

「きゃあっ」

はずみで香澄は会議室のテーブルに手をぶつけ、そのまま床に尻もちをついた。

それを見ていた須永がハッとし、痛々しげな表情になる。まるで自分が傷ついたような、そんな顔だ。一瞬、香澄に手を差し出そうとするが、途中でぎゅっと握りしめる。

「と、とにかく！　よっく考えてくださいね！」

そう捨《す》て台詞《ぜりふ》を吐き、ドアを乱暴に開けて会議室を出ていった。

「い……ったぁ……」

香澄は手首をさする。テーブルにぶつけた上に、尻もちをついた時に変なふうにひねってしまったようだ。捻挫《ねんざ》をしているかもしれない。

その時ちょうどチャイムが鳴り、昼休みが終わる。

このままでは仕事になりそうにもなかった香澄は、課長に許可をもらい、医務室へ向かった。

桜浜開発センターにも医務室はある。医師が一名常駐しており、近くの病院と連携しているので、必要とあらばすぐにそこへ行くこともできた。

香澄は手首を見てもらったが特に骨折はしていないようで、打撲と捻挫《ねんざ》だろうと医師が湿布を貼ってくれた。しばらくして治らなければ病院に行きなさいと告げられる。

医師にお礼を言い、彼女はすぐに部署へ戻った。課長の品川に報告してから自席へ腰を下ろす。

碓氷は香澄の姿を認めたようだが、特に表情を変えることはなかった。

須永に二人の関係がバレてしまった今、彼のそのスタンスはありがたい。

幸い痛めたのは利き手ではなかったので、仕事にはさほど支障をきたすことなく、香澄はその日を終えた。

終業のチャイムが鳴ると、品川がすぐに帰るように勧めてくれる。香澄はその言葉に甘えて帰り支度をした。

途中でドラッグストアに寄り湿布を買って帰らなければと、頭の中で「湿布、湿布、湿布……」と繰り返す。

会社を出て駅まで歩いている時、メッセージの受信を告げるメロディが鳴った。碓氷からだ。

〝これから北名吉駅のいつものところで待ち合わせできる？〟

そう書いてある。

「なんだろう……？」

大事な話でもあるのだろうかと心配になり、香澄はとりあえず了解の返信をした。

（それにしても、また会社で嫌がらせされる日々が続くのかなぁ……）

ここ数年、大きな波風を立てないでやってこられた。その環境が崩れてしまうのは、怖い。

須永や安井にあることないことを広められ、また高塔とつきあっていた頃みたいな事態になったらどうしようと、戦々恐々《せんせんきょうきょう》としてしまう。

「うぅ……明日が怖い」

頭に絡みついた嫌な考えを振り払うように、香澄はブルブルと頭を振った。

北名吉駅で電車を降り、いつもの柱のそばで碓氷を待つ。十分ほど経って、彼が姿を現した。

「遅くなってごめん、なかなか抜け出せなくて」

「いえ、そんなに待ってません。大丈夫ですよ」

そんな会話の後、二人は香澄のアパートに向かって歩き出した。

近頃ではどちらかの部屋で会うことが多く、いつも自然とそういう流れになる。

今日も自分の部屋で過ごすのだろうと、香澄はなんの疑問も持たずに彼の隣を歩いていた。

しばらくは他愛もない話をする。けれど自宅のすぐそばまで来た時、彼女は思い切って切り出した。

「碓氷さん、今日は何か急な用事でもあったんですか？」

「え？」

「だって、帰り際に待ち合わせの誘いなんて、珍しいですよね」

彼は「あぁ……」と呟《つぶや》き、うなずく。少しの沈黙の後、そっと優しく香澄の左手を取った。

「これ……どうした？」

これ、とは、手首に貼られた湿布のことを指しているようだ。

しばらくして、彼はゆっくりとその手を解放した。

「あ……これは、転んで手をついちゃって。医務室で捻挫《ねんざ》と打撲、って言われました」

「……ほんとに？」

「はい」

「……あの子に何かされたんじゃないか？　えっと……須永さん、だっけ」

「ど、うしてそう思うんですか？」

「俺、会社でも結構香澄ちゃんのこと、見てるよ。あの子に呼ばれてたことも知ってる。その後で腕に湿布貼って帰ってきたことも――」

「碓氷さん……」

碓氷が会社でも自分のことを気にかけてくれているのが、純粋に嬉しいと思った。心の中にじんわりと温かいものが湧いてくる。

「彼女に何かされた？」

「だ、大丈夫ですから！　私、気にしてませんし、もういいんです」

慌てて気味にそう言うと、彼のまとう温度が下がる。

「いいわけがないだろ？」

「え？」

「こんなふうにしたやつを、俺は許さないよ、絶対に」

碓氷は立ち止まり、再び香澄の左手を取った。痛めたところを労《いたわ》るように、柔らかく。その感触は、いつも以上に優しくてぬくもりに満ちているのに――

「――よりによって、香澄ちゃんの手首にケガを負わせるなんて……！」

吐き捨てるように冷たく放たれたその台詞《せりふ》を耳にした瞬間、香澄は温かかった気持ちに氷を入れられたみたいに、すうっと何かが冷めていくのを感じた。

（やっぱりこの人は、私の手首が好きなんだ……）

碓氷は今の香澄を通して、あの時の夢の女性を見ている。それは確かに彼女自身に他ならないのに彼にとっては、香澄ではない――こんなにもややこしく、滑稽《こっけい》なことがあるだろうか。

（打ち明けてしまえば楽になるのかな。そうすれば、私のことを好きだと言ってもらえるのかも……）

けれど、この上なく情けなく憂鬱《ゆううつ》で惨《みじ》めだ。

夢の女性の正体が自分であると打ち明けたところで、好きだと言ってもらえるかどうかなんて分からないのに。

『高塔さんだけじゃなく碓氷さんにまで色目を使うなんて、身のほど知らずもいいとこ。あんたの家に鏡はないの？』

『碓氷さんにかまってもらってるからって、のぼせ上がるのもほどほどにしておいたほうがいいですよ。……みっともないんで』

『碓氷さんにはアメリカに好きな人がいるんですよ』

――安井や須永が放った言葉を思い出す。

ずっと悩んできたことを、他人からも突きつけられる。

一体、自分が何をしたというのだろうか。

男の人とのおつきあいとは、こんなにも精神を削るものだった……？

（なんか……疲れちゃった）

香澄はふっと息を漏らす。

「香澄ちゃん？　どうした？　手首痛い？」

今の精神状態で、これ以上碓氷の口から『手首』という言葉を聞くのは耐えられない。

「……すみません、もう無理です」

「何が？」

「碓氷さんとはもう、おつきあいできません」

「え……」

鳩《はと》が豆鉄砲を食ったようとは、こんな顔のことを言うのだろうか――香澄のいきなりの言葉に、碓氷はポカンと口を開いたまま固まった。

「わた……私、碓氷さんが好きです。でも……碓氷さんは、私の手首が好きなだけなんですよね。それは私じゃなくてもよかった……」

「そんな――」

彼の否定の言葉を遮《さえぎ》り、香澄は続ける。

「理想の手首の持ち主だから、私のことを彼女にしてくれたんですよね。オンリーワンだって言われたのが嬉しかったので、それでもよかった。でも、碓氷さんにとって、ほんとはオンリーワンじゃなかったって、分かっちゃったから……」

それが明らかになった以上、一緒にいるのはつらい。

「アメリカにいる顔も知らない『理想の女性』とか……それどころか、自分の手首にすら嫉妬《しっと》してる自分が、本当に嫌。何より――」

『夢』の自分に嫉妬《しっと》しているのは苦しい――そう言おうとしたけれど、香澄は直前で呑み込む。言ったところで、彼は理解できないだろう。

それに、自分の中にこんなに醜《みにく》い部分があることに気づかされ、惨《みじ》めで仕方がないのだ。

「――こんな卑屈《ひくつ》な女、碓氷さんにはふさわしくないです」

苦しげに絞り出したところで、堪《こら》えきれなくなった涙が頬を滑る。それはポタポタと地面に落ちて吸い込まれていった。

「香澄ちゃん、話を聞い――」

「今まですごく楽しかったし、幸せでした……ありがとうございました」

碓氷の焦ったような口調に対し、香澄はわざと明るく、笑みさえ浮かべて言った。涙まみれの顔だが、気にする余裕はない。

彼に向かって深々と頭を下げ、きびすを返してアパートの階段を駆け上がる。

部屋に入ると、スマートフォンを取り出し、碓氷の携帯番号とメッセージアプリのIDをブロックした。

つながっていると未練が残ってしまう。

左手首につけていたブレスレットも外して、元の箱にしまった。これは明日にでも彼の机の引き出しに返しておこう。

「あ……湿布買うの忘れてた」

あれほど心の中で唱えていたのに、頭から抜け落ちていた。

今からドラッグストアへ行く気力もないし、万が一にも碓氷と出くわしてしまったらと思うと、ドアを開ける勇気は出ない。

ずるずると床にへたり込む。

「やっぱりバッドエンドだったなぁ……人魚姫みたいに」

結末はだいぶ違うけれど。

（これでよかったのよね）

碓氷ならすぐに新しい彼女ができるだろう。自分よりも美人で可愛い子はいくらでもいる。彼に想いを寄せている女性社員も数え切れないほどいるのだから、その中に一人くらい『理想の手首』を持っている人もいるだろう。

香澄とのつきあいのように、こそこそする必要もない。

他の子と幸せそうにする場面を見たら、きっと初めは胸が痛くなるだろうけれど、それは仕方がないことだ。

香澄はその幸せを、自《みずか》ら手放してしまったのだから。

＊＊＊

次の日。香澄は軽い寝不足の頭で恐る恐る出社した。

起こりうる事態を想像し不安になっていたものの、ロッカーは今日も平和だ。

自分のデスクへ行くと、ゴミではなく湿布の箱が置かれていた。誰かが彼女のために置いてくれたのだろう。

香澄は一瞬、碓氷かと思ったけれど、どうやらそうではなさそうだ。彼は朝から出張に行っており不在だった。行動予定表には『本社』と書かれている。

それを知った香澄がホッとしたのは言うまでもない。

湿布を誰がくれたのか、周囲に聞いたけれど、誰も知らないということだった。不思議に思ったものの、ありがたくいただくことにする。

そして半日が過ぎた。課内で香澄と碓氷の件が話題になることはない。

須永は、まだ誰にも話していないようだ。

碓氷がいないのをいいことに、香澄はブレスレットをこっそりと彼の引き出しの奥に入れておいた。

そして、淡々といつものように仕事をこなす。碓氷がいてもいなくても、それは変わらない。

しばらくして、海外出張に関する申請にどんなものがあるか尋ねられた。

「立花さんすいません、来月シアトルに出張が決まったんですけど、何をどう申請すればいいですか？　俺、海外出張初めてなんで」

「社内システムの出張申請画面に『出張先』のドロップダウンメニューがあるの。そこで『海外』を指定すれば海外向けの画面に飛ぶので、そこから申請してもらえるかな？　航空券の手配もあるし、できれば早急にお願いします」

「分かりました、ありがとうございます」

自分の席へと戻る後輩社員の背中を見ながら、香澄はほぅとため息をついた。

（シアトル……か）

ふとしたきっかけで、碓氷を思い出してしまう自分が嫌だ。今だって『シアトル』と聞いて、すぐさま彼の顔が頭に浮かんでしまった。

（なんだかんだと未練タラタラなんだからっ。私、しっかりしろっ！）

両手で自分の頬をパチン、と軽く叩いて気合を入れる。

それからは研究開発部長の秘書的な業務をこなした。打ち合わせの席にお茶を運び、総務部へ諸々の書類を届け、その他次々に舞い込む仕事を片づけていく。

忙しかったけれど、嫌なことを忘れられるのはありがたい。

そうして一日を終え、香澄は律子を夕食に誘った。

「え、碓氷さんと別れたの？」

「うん……」

例のステーキハウスのボックス席に着くと、律子は目を剥《む》いて身を乗り出す。

「ちょっと、一体何があったのよ？」

香澄は少し躊躇《ためら》った後、律子に事情を話した。

『夢』の女性のこと。好きだと言われたこともなく、手首にしか興味が注がれていなかったのではないかということ。自分と同じように手首を見初《みそ》められた女性がアメリカにいたらしいこと。自分が惨《みじ》めに感じられてならないこと――

「そういうことか」

「うん……」

香澄の話を聞いた律子は、しばらく黙ったままハンバーグを頬張る。三分の一ほどを食べ終えたところでふーっ、と細く長い息を吐いた。

「――ま、どっちもどっちよね」

わずかながらに突き放した雰囲気で、律子がぼそりと言う。

「どっちも、どっち……」

香澄は鸚鵡《おうむ》返しにつぶやく。

「二人とも言葉が足りないのよねぇ。コミュニケーション不足」

「うん、それは分かってる」

「……分かってるならどうして言わないの？　向こうが言ってくれないなら、自分で言えばよかったのよ」

（やっぱり……）

予想していた通りの言葉を返され、香澄は苦笑する。

「言えるものなら言ってる……」

「香澄が言おうとしないのに、碓氷さんには言ってほしい、察してほしいって、都合よすぎない？」

「う……」

手厳しい言葉に、うつむくしかない。

確かにそうだ。

碓氷が一度も好きだと言ってくれなかったのは事実だが、香澄だって彼に面と向かって好きだと告げたのは昨日が初めてだ。それに例の『夢』についての話は、とうとう打ち明けられなかった。

「ま、香澄の気持ちも分かるけど」

律子が香澄の髪の毛をくしゃくしゃとかき混ぜる。

「……ほんと、私ってどうしようもない」

ずっと考えないようにしていたことを真正面から突きつけられ、香澄は改めて自分の不甲斐《ふがい》なさに泣きたくなった。

「大丈夫よ、大抵の失敗というものはリカバリーできるんだから」

「無理だよ。もうお別れしちゃったし」

「でもさ、香澄は碓氷さんの話を何も聞かず、一方的に別れるって言ったんでしょ？あの人、ちゃんと納得してるのかな。それに、別れたからじゃあ次って、速攻切り替えるような人なの、彼って？」

「それは……」

わずか一ヵ月ほどのつきあいだったが、その間の碓氷は香澄にこの上なく誠実だった。

それはきっと偽《いつわ》りでもなんでもない。完璧なあのルックスに装備された性質なのだろう。

だから次から次へと女性を消費していくようなつきあいはしないと、香澄も思う。

けれど、周りが彼を放っておかないに違いない。

香澄の後ろには、碓氷の彼女の座を求める大勢の女性たちが列を成していたはずだ。

自分の足でその最前から去った香澄には、再びそこに横入りする権利はない。そんな度胸も図々しさも備《そな》わっていなかった。

「っ」

何度も瞬《まばた》きを繰り返した彼女の瞳からは、ポロポロと涙の粒が落ちていく。

「泣くくらいなら別れなきゃいいのに。バカねぇ」

「ど、どうせ、バカ、です……っ」

膝に置かれたナプキンを取り、香澄は涙を拭《ぬぐ》った。

律子が「しょうがないわねぇ……」と呟《つぶや》き、自分の皿に載っていたチキンの香草焼きを香澄の皿に移してくれる。

「ほら、食べな。食べたらこれからのこと、考えよ？」

「ありがと……うん、食べる」

香澄は大きく口を開き、チキンにかぶりついた。

そして二人は、最後にデザートを何種類か頼み、シェアする。大いにお腹が満たされて、香澄の気分はいくらか上昇した。

その間律子は、本当に別れて後悔しないのか、今ならまだ間に合うから碓氷と話し合うべきだ、と説得してきた。

香澄はそれにうなずかないまま、ステーキハウスを出る。

二人は自宅が同じ方面なので同じ電車に乗る。数駅を越し、香澄が降りる駅に電車が着こうとした時、律子が念を押してきた。

「しつこいようだけど、碓氷さんとちゃんと話し合うんだよ」

「……分かった。ありがとね、今日つきあってくれて」

とりあえず香澄は、そう返事をする。

自宅に帰ってすぐにお風呂に入り肌の手入れと歯磨きをした後、下着を部屋に干した。

すべてを終えてベッドに入り、律子の話を振り返る。

『自分から別れる、って言った手前、みっともないことできない……』

そう弱音を吐いた香澄に、律子がフォークを握りしめて力説してきたのだ。

『みっともない上等！　いい？　恋愛ってのは大概みっともないものなのよ。それを相手に見せるか見せないかの違いだけ』

曰《いわ》く、他人に自分を好きになってもらうための努力やあがきには、大抵人様には見せられないことが含まれる。あれやこれやを妄想してみたり、一心不乱にダイエットをしたり、恋愛に関する特集雑誌や小説を読み漁《あさ》ったり、占いに頼ってみたり。

そういったものは、端《はた》から見ればスマートとは言えない。けれど、時としてその不恰好な一生懸命さが人の心を打つのだ、と律子は言った。

『だから！　みっともなくてもいいの。堂々と横入りしてやればいいのよ。仮に結局別れるはめになったとしても、言いたいことを言ってから別れなきゃ。だって、今のままじゃ消化不良でしょ』

「みっともなくてもいいのか。……いや、でも……」

心の中でポジティブな思いとネガティブな思いがせめぎ合う。

律子のように割り切って考えられたらどんなにいいだろう。もし彼女のアドバイス通りに確氷に言いたいことを言ったとして、何かきついことを返されたら、香澄は打ちのめされ立ち直れなくなる気がする。

（私、まだ好きなんだ……）

自分から別れを切り出したとはいえ、結局のところ彼から嫌われたくないのだ。

ちっぽけなプライド。

（もう嫌われてるかもしれないのにね）

ははは と、香澄は乾いた笑いを漏らす。

いろいろなことを考えて頭がこんがらがってしまい、結局その晩は一睡もできなかった。

＊＊＊

「――立花さん、目が腫れてるけど大丈夫？」

「はい……ちょっと寝不足なだけで、大丈夫です」

翌日。香澄が出社すると、品川が心配そうに声をかけてくれた。

香澄は普段二重まぶたなのだが、ここ何日も満足に眠れなかったせいで目が腫れ、一重になっている。出勤前に冷やしたので、起きた直後よりは幾分マシになっているはずだが、それでもまだ普段通りとはいかなかった。

職場の人間にもバレるくらいだから、結構ひどいのだろう。

食欲もなくて、朝ご飯を抜いている。カフェオレだけをなんとか口にした状態だ。

それでも、仕事は通常通りこなさなければならない。香澄は次々と用事を頼まれた。

「立花さん、第一会議室のプロジェクターが故障してるみたいです」

「あ、分かりました。修理の手配します」

「立花さん、うちで主催するカンファレンスの会場だけど、ホテル桜浜ベイサイドコンフォートのバンケットルーム押さえてもらえるよう、総務の林《はやし》さんにお願いしておいてくれる？　詳細はメールで送ります」

「分かりました。今日中に依頼しておきます」

「立花さーん！　備品ボックスにクリアファイルとホワイトボードマーカーがないですー」

「後でもらってくるよー」

　気合を入れ、普段と変わらないよう処理していく。

　幸いかろうじて仕事ができるくらいの体力はあったので、誰かに迷惑をかけることはなかった――午後を過ぎるまでは。

「ごめん立花さん、十六階の書類倉庫で、このファイル探してきてもらえる？　僕が行ければいいんだけど、これから会議入ってて。申し訳ないけど」

　三時を過ぎた頃、香澄は研究開発部長に呼ばれてメモを渡された。

　書類倉庫とは、古い書類をファイリング・保管してある部屋で、十六階の奥に存在している。サイバーセキュリティ研究開発部がある十一階からは当然、エレベーターでの移動だ。

「分かりました、行ってきます」

「会議が終わるまでに用意できてればいいから」

「はい」

香澄は急ぎの仕事を終わらせて、書類倉庫へ向かった。

エレベーターを十六階で降りて、奥へ進む。『書類倉庫』と掲《かか》げられたその部屋の中へ入ると、わずかな埃臭《ほこりくさ》さが鼻についた。けれど、それほど汚くはないので、ある程度の掃除はされているようだ。

香澄は手にしたメモと棚の表示を見比べ、頼まれたファイルを探す。メモには三冊分のタイトルが書いてあった。

「――12のA、12のA……っと、あ、あった。あとは13のD……あった」

目当てのファイルを見つけ、棚の空きスペースで三冊を重ねた後、持ち上げる。その刹那《せつな》、捻挫《ねんざ》した手首に痛みが走り、身体がよろけて棚にぶつかった。

「っ‼」

手の力が抜け、ファイルが床に散らばる。

「ぁ……」

慌てて拾おうとしたけれど、棚の上に無造作に置かれていた段ボール箱が、香澄がぶつかった衝撃で落ちてきた。

「きゃ……っ」

避ける間もなく、頭上に落ちる。

中身は書類だったようだが、まとまった量の紙は重い。おまけに箱が頭を直撃したはずみで、その中身が散乱する。

香澄は、そのまま床へ崩れ落ちた。

「いったぁ……」

朝から張り続けていた気が霧散《むさん》してしまい、一気に疲れと目眩《めまい》に襲われる。

（あ……これ、やばいやつだ……）

以前、貧血で倒れた時と同じ嫌な感覚が皮膚にまとわりついた。目の前が白くなり、血が下がっていく。

（ダメ……身体が動かない……）

遠のいていく意識の残骸《ざんがい》が、ガチャリとドアの開く音を捉《とら》える……最後の欠片《かけら》が、自分の名前を拾った気がした。

「――香澄!!」

そして、香澄は意識を手放した。


気がつくと、香澄は額《ひたい》に何かを当てられていた。

冷たいけれど温かみのある、よく知っているような感触だ。

「ん……」

頭が痛い。

疾患的《しっかんてき》な頭痛ではなく、物理的な痛みだ。

その痛みで、頭の上に段ボールが落ちてきたことを思い出す。

(いたた……コブができてないといいけど)

薄目を開くと、誰かがそこにいた。

どうやら額《ひたい》に載っているのは、この人物の手らしい。

だんだんと目の焦点が合っていくのと同時に、香澄は少し掠《かす》れた低い声を聞いた。

「——大丈夫か？」

「う、すい、さん……？　ど……して？」

ようやく戻ってきた視界に目を凝《こ》らすと、会社の医務室と思《おぼ》しき光景が見える。

香澄は半分だけカーテンで仕切られた白いベッドに寝かされていた。傍《かたわ》らには碓氷が座っていて、瞳に優しい光を宿し、香澄の額《ひたい》に手を当てている。

「香澄は手首を捻挫《ねんざ》していたからファイルを運ぶのを手伝うつもりで——というのは口実。本当は、二人で話そうと思って倉庫に行ったら、香澄が倒れてて……びっくりして、ここまで運んできたんだ」

「碓氷さんが運んでくれたんですか？　すみません、重かったでしょう」

「大丈夫だよ。……香澄の身体のことはよく知ってる」

香澄の頬は、かぁっと火照《ほて》った。

「あの、碓氷さん、私は平気ですから、もう戻ってください。ありがとう、ございました」

「戻ると言っても、もう定時過ぎてるよ。俺も香澄の分も退勤のカードリーダー通しておいた」

「え？　私、そんなに寝ていたんですか？」

「ああ、今五時四十五分。六時になったら起こそうと思ってたんだ」

「そ……ですか、すみません、ご迷惑おかけして」

横になったまま、ぺこりと頭を下げる。すると碓氷が、クスリと笑った。

「あの時とは反対だ」

「あの時、って？」

「三年近く前、本社で俺が熱を出して倒れた日。あの時は俺がベッドに寝ていて、香澄がそばにいてくれた」

碓氷からの思いがけない言葉に、香澄は目を見開く。

「っ、そ、それ……っ」

「ずっと夢だと思い込んでて、ごめん」

碓氷が香澄に向かって頭を下げた。

「思い出した……んですか？」

「思い出した、というより、真実を知らされた、というべきかな」

彼女の額《ひたい》を撫《な》でながら、言葉を継ぐ。

「俺、昨日本社へ出張に行ったろ？　その時に具合が悪くなった人がいて、社内の診療所に連れていったんだ。そこの先生と看護師が、俺のことを覚えていて――」

碓氷が倒れて運び込まれた日のことを、医師が話しかけてきたらしい。その流れで、つきそいの女性の話が出たそうだ。

「面倒をみてくれた人のことを尋ねたら、保管されてた当時の俺の問診票を見せてくれた……それには、代理人のところに香澄の名前と部署名が書いてあった」

碓氷は朦朧《もうろう》としていて、その人物のことなどまるっきり覚えていなかった。またそれ以来、社内の診療所へ行っていなかったので、その話を聞かされたこともない。

「――あれは夢じゃなかったんだよな？」

「……」

香澄はしばらく躊躇《ためら》った末に、観念してうなずく。

「そうか……」

「ご、めんなさい……」

「どうして謝るの？」

「だって……ガッカリしたでしょう。夢の人が私なんかで」

その謝罪の言葉を聞いて、碓氷は口元を手で覆《おお》い黙り込む。少しして、何度もうなずいた。

「う、すいさん？」

「……そうか、だから香澄は言い出せなかったんだ。俺がガッカリすると思って」

薄い苦笑いを浮かべながら、再び香澄の額《ひたい》を撫《な》でる。

「──ごめん、香澄」

「え？」

「俺の言葉が足りなかったばかりに、泣かせていたんだよな」

「それって、どういう……」

少しの間の後、碓氷が今までで一番の甘い笑顔で、言葉を紡《つむ》ぎ出した。

「──好きだよ、香澄。香澄の全部が大好きだ」

刹那《せつな》、ぶわりと香澄の瞳から大粒の涙があふれる。次々にこぼれ落ちて、寝ている彼女の耳や髪、その下の枕をも濡らした。

「っ、う、す、さ……っ」

「言ってなくて、ごめん。……俺が香澄のことをいいなぁと思い始めたのは、桜浜に赴任した日からだよ。真面目で、謙虚《けんきょ》で可愛くて……彼女にするならこんな子がいいなって、ずっと思ってた」

優しい声音で告げながら、碓氷はベッドのそばにあったティッシュ箱から一枚を引き抜き、香澄の涙を拭《ぬぐ》う。

「前にも言ったけど、一生懸命仕事をする香澄の誠実さが好きだ。美味《おい》しいものを食べている時に見せる幸せそうな顔も好きだ。思いやりがあるところも好きだ。それに――」

ふいに彼が顔を近づけ、香澄の耳元で囁《ささや》く。

「――セックスの時にとろとろにとろけて、いやらしくなるところなんて、やばいくらい好きだよ」

「っ」

香澄は思わず赤らんだ顔を両手で覆《おお》った。恥ずかしくてくすぐったい。

心臓が逸《はや》る。

それは決して嫌な感じではなかった。

幸せでドキドキが止まらない。ふわふわと浮き上がってしまいそうだ。

「う、れしい、です……私も、碓氷さんのことが好き、です」

大粒の涙を流しながら、香澄はそう告げたのだった。

数時間眠った香澄は、体力を回復させた。

部署へ戻ると、残っていた社員が心配してくれる。品川も心配して帰宅するように言ってくれた。そして、なぜか碓氷を呼ぶ。

「碓氷くん、立花さんのこと送ってやって。一人じゃ心配だし」

「もちろん、そうさせていただきます」

目の前で交わされたそのやりとりに困惑しつつも、香澄は帰宅準備をして碓氷と一緒に職場を出る。社屋から駅に向かう途中、疑問に思ったことを彼に尋ねた。

「あの碓氷さん、さっきの品川課長の口ぶりって……」

「……あぁ、俺たちがつきあっていること、知ってるから」

「えっ、そうなんですか？」

「っていうか、品川課長だけじゃなくて、センター内のほとんどの人間が知ってるよ」

「うっそ……」

愕然《がくぜん》とする香澄をよそに、碓氷は平然とした表情で言葉を継ぐ。

「書類倉庫から医務室まで、香澄を運んだのは誰だと思ってる？　社内の多くの人間にその場面を見られてたんだ。君を運んでる最中も、一旦課に戻った時も、いろんな人に事情を聞かれたから、つきあってるって答えたよ。もう隠していても仕方ないし」

「でも、その時点では別れてましたよね……私たち」

「俺は認めてない」

拗《す》ねたようにくちびるを尖らせる彼に、香澄はクスリと笑みをこぼす。

「そういえば……碓氷さん、私の名前、呼び捨てにしてるんですね」

「俺の決意表明の一部、みたいなものかな。香澄を不安にさせたから、彼氏らしくするところはきっちりしようと思って」

「決意、表明……」

碓氷は香澄が医務室で目覚めた時から名前を呼び捨てにしていた。いや、倉庫で気を失う寸前に聞いた自分の名前も、彼の声だった。

あの時にはすでに、香澄との仲を修復するつもりでいてくれたのだ。

「だから香澄も、俺のことをちゃんと名前で呼ぶこと。……俺の彼女でいてくれるなら、だけど」

そう言われ、彼女は何度もぱちぱちと目を瞬《またた》かせる。

「……圭介、さん」

「うん」

改めてファーストネームで呼ぶと、照れくさい。けれど、碓氷——圭介が嬉しそうにしているので、香澄も嬉しくなった。

今夜一人にするのは心配だからと、圭介が香澄を自分の部屋に連れていく。

何度か訪れたことのある彼の住まいは、最寄駅から歩いて八分ほどのところにある七階建ての独身男性用マンションだ。

　１ＬＤＫだがリビングが広めで、南向きなので昼間はとても明るい。家具は必要最低限のものしか置かれていなかった。

『アメリカからまだ届いてない荷物もあるんだ。船で送ってるから』

　圭介が以前、そう言っていた。船便はまだ届いてはいないようだ。

「座ってて」

　リビングのソファを指し示され、香澄は遠慮がちにちょこんと腰を下ろす。圭介はキッチンでお茶の準備をして、リビングまで運んでくれた。

　そして隣に座り、スマートフォンを取り出して、何やら操作する。

「香澄、携帯見て。メッセージ送るから」

「はい？」

　香澄はバッグからスマホを取り、メッセージアプリを立ち上げる。そして慌てて圭介へのブロックを解除した。すぐに着信音が鳴り、彼が送信したらしいメッセージが届く。

「これ……なんですか？」

　そこには、誰かのメールアドレスとメッセージアプリのＩＤらしき単語が書かれていた。

「ジョーのプライベートの連絡先」

「え……」

驚いた香澄は、目を見開いて圭介を見る。

「例のCDを聴いた感想、すぐに送ってくれたんだって？　発売前だから人目につくところでは伝えちゃまずいだろうって、気を使ってレコード会社経由でメールをくれたって、ジョーが喜んでた。ものすごく丁寧な感想を英語でくれて、レコード会社のスタッフも感謝しているって言ってたよ」

ジョアンと会ってサイン入りCDをもらってすぐ、香澄は繰り返しそれを聴いた。もちろん、スマートフォンに入れて通勤のおともにもしている。

彼女の圧倒的で繊細《せんさい》な歌声に感動したその勢いで、つたない英語を駆使して感想メールを送っていたのだ。

それがちゃんとジョアンに届いていたことに、香澄は感激した。

「メール……読んでくれたんですね。嬉しい」

声が少し震える。

すると圭介が香澄の手を握り、言葉を続けた。

「香澄とつきあい始めた時に、兄貴にはそのことを報告しておいたんだ。そしたら昨日、香澄が彼女になったのなら、連絡先を渡してほしいとジョーから頼まれた。それで……彼女から言われたんだ。『カスミにちゃんと毎日好きって言ってる？』って。それでハッとした。俺は一度も香澄に伝えたことがなかったんだな」

主介が『ないかもしれない……』と、濁し気味に答えたところ、ジョアンから大目玉を食らったそうだ。

『なんてことなの！　私の弟がそんな怠《なま》け者だったなんて信じられない!!　ユウはね、一日十回は私にアイラブユーって言ってくれるんだから！』

電話の向こうで、ジョアンは大声で騒いだらしい。

「ジョーにお説教されてる主介さん、見たかったです」

香澄は堪《こら》えきれずにクスクスと笑う。

「言い訳にもならないけど、俺は今まで女の子に告白したことがなかったんだ。つきあってほしい、って言ったこともない。言わなくても向こうから来てくれたから。自分から言ったのは香澄が初めてだったんだよ。当然、香澄のことは好きだ。ただ、自分の中でそう思うだけで満足してしまって、君に気持ちを伝えることを怠《おこた》っていた。……手首のことは好きだと言っていたのにな」

本当に自分が情けない——そう呟《つぶや》きながら、主介はシュンとした姿を香澄に晒《さら》した。

ハンパなくモテるがゆえの弊害、とでも言えばいいのか。

彼の中では好きというシンプルな気持ちを言葉にして伝えるという、初歩的な愛情伝達法が欠落していたようだ。

「それから、アメリカにいる理想の女性って、シアトルの社内報にあった『理想の女性』のことで合ってる？　それなら、香澄のことだよ」

「え？」

「多分気づいてたと思うけど、『理想の女性』っていうのは『理想の手首の持ち主』という意味で――」

曰《いわ》く、帰国の八ヵ月ほど前、圭介は出張で桜浜に来ていたとのこと。その時の打ち合わせで、お茶を出してくれた女性の手首に目が釘づけになった。あまりにも理想に合致していたので、手首に見入ったままその持ち主を確認するのをすっかり忘れてしまったらしい。

お茶を出してくれた女性について、同席していた織田に誰だか尋ねてみたものの、彼は覚えていなかったそうだ。

その女性というのが、香澄だったというわけだ。

圭介は自力で捜索を試みたのだが、動機が動機だけに大っぴらには探せなかった。その上、日本でのスケジュールは詰まりに詰まっていて時間切れになる。見つからないままアメリカへ帰ったとか。

そのしばらく後に、あの社内報のインタビューを受けたのだ。

そして、諦めきれなかった圭介は、なんとか『お茶出しをしたのはサイバーセキュリティ研究開発部の庶務の内の誰かではないか』という情報を得た。それだけをモチベーションに、驚くほど早くシアトルでのプロジェクトを終わらせ、桜浜に帰任希望で帰国したのだ。

「そういえば……大人数の会議にお茶を出したことがあったの、思い出しました。一人じゃ無理だったので、庶務三人で慌てて用意したのを覚えてます」

圭介にお茶を出したであろうあの時も、カーディガンを着ていたはずだ。そんなに前のことなど記憶にほとんどないが、腕まくりくらいはしていた気もする。

年末で仕事が途轍《とてつ》もなく忙しく、開発部員のサポートに駆り出されることが多かった頃だ。暖房がきいた部屋はさすがの香澄にも暑かったことを覚えている。

「赴任した初日に、他の開発課の庶務さんは違うって分かった。彼女たちは半袖で過ごしていたから。けど香澄はずっと長袖のカーディガン着ていただろ。だから、多分この子なんだろうなと、狙いをつけていたんだ。なのになかなか確認できなくて――」

あのエアコン故障の日。あれがなければ、今の二人はなかったかもしれない。香澄は、壊れてくれたエアコンに少しだけ感謝をした。

「あの空調故障の件があるまでの間も、手首をチェックしたかったから香澄をよく見ていたけど、ほんとに何から何まで俺の理想だったんだ。……今までつきあってきた女性は、俺とつきあっていることを前面に押し出すような子たちばかりで、それはそれで可愛いと思えることもあったけど、根本的に合わないなって感じてて」

確かに圭介は華やかな見た目と違い、性格は穏《おだ》やかで堅実だ。気弱でも優柔不断でもないが、高塔のような俺様では決してなく、目立つことを好まない。

だからなのか、ぐいぐいと来る自己顕示欲の強い女性は、好きではないそうだ。

「——俺は、普段はしっかりしていて真面目な顔をしていても、自分の好きなものの前でつい満面の笑みになっちゃうような、可愛らしい子が好きなんだ」

圭介が香澄の頬に触れ、それからキスをした。

「そんな理想的な女の子が、理想の手首の持ち主でもあるなんて、奇跡としか思えない。あの日、ほんとにシンデレラを見つけた王子の気持ちになった」

圭介の言葉ひとつひとつが、香澄の心に染み込んでいく。嬉しくて、愛《いと》おしくてたまらない。けれどそこで香澄は、はたと気づいた。

「え……ちょっと待ってください。つ、つまり……、圭介さんは、私……の、手首のために、桜浜に異動してきた、というわけ……ですか？」

日本出張で出逢った理想の手首を探すために、シアトルでの仕事を終わらせ、桜浜へ帰任希望を出した——圭介は確かにそう言った。

香澄は目を見張り、問いただす。

「まぁ……そういうことになるかな」

圭介が不敵な笑みを浮かべる。香澄は泣きそうになり、そしてうつむいた。

「圭介さん……バカですね」

私の手首のためなんかに――そう告げると、彼はなんでもないことのように返してくる。

「俺の仕事なんて、アメリカでやっても桜浜でやっても一緒だよ。だけど、桜浜に来られたからこそ香澄に出逢えた。――香澄、本当にごめん。俺が君の手首に執着したばかりに、嫌な思いをさせてしまった。改めて言うよ、俺は香澄のことが本当に好きだから。これからも俺とつきあってください」

隣で頭を下げる圭介に、香澄は歪《ゆが》めた顔を上げる。しばらくの無言の後、ふにゃりと表情を緩《ゆる》めた。

「私のほうこそ、ちゃんと言えばよかったんです。あの夢の女性は私だ、って。圭介さんのことが好きだって。……圭介さんは、本当に私でいいんですか？」

「香澄こそ、俺でいいの？」

香澄が尋ねると、圭介は質問で返す。

「私は、圭介さんが私でいいのなら、これからもおつきあいしたいです」

「じゃあ、末永くよろしくお願いします、ということで」

彼が末永く、と言ってくれたことが嬉しい。未来はどうなるか分からないけれど、少なくとも今の時点では、香澄とずっと一緒にいたいと思ってくれているのだ。

「こちらこそ、よろしくお願いします」

香澄は改めて頭を下げた。すると、圭介の雰囲気が明らかに柔らかくなる。

「そういえば、夕飯はどうする？　普通に食べられそう？」

「はい。いろいろホッとしたらお腹空いてきちゃいました」

香澄はお腹を擦りながら、照れ笑いをする。

「そっか、じゃあデリバリーの釜飯とかどう？　一度頼んでみたかったんだけど、一人分だと頼みづらかったんだ」

「いいですね！　私も食べたいです、釜飯」

それから二人は夕食を食べ、順番に入浴を済ませた。

以前、圭介の部屋に泊まった時に置かせてもらったルームウェアがあるので、香澄はそれを着る。

そして、ふいに沈黙が訪れた。

「――明日も会社だし、もう寝ようか」

「そうですね」

歯磨きをした後、二人で寝室へ行く。

圭介のベッドはセミダブルで、二人で寝てもそれほど狭くはない。

並んで横になると、香澄は圭介に抱きしめられた。温かい胸に頬が当たる。

このぬくもりに再び浸《ひた》れるとは思っていなかった。

嬉しくて、香澄は何度も頬をすり寄せる。すると、圭介の大きな手で頭を撫《な》でられた。

「明日……私、少し早くここを出ますね。一旦部屋に帰って着替えたいので」

「そっか。じゃあ早起きしなきゃな。……香澄、好きだよ」

「えっ!?」

突然の言葉にびっくりして、香澄は息を呑む。

「今まで言ってこなかった分、これからは言いたい時に言うことにした」

「圭介さん……」

見上げると、圭介がそっとくちびるにキスを落としてくる。数秒の後、彼が離れていくのと同時に、香澄は目を潤《うる》ませた。

「……またそんな表情《かお》して」

圭介が言う『そんな表情《かお》』というのは、おそらく欲にまみれた顔のことだろう。彼のキス一つで、香澄の劣情はいともたやすく火をつけられてしまう。

「だって……」

「今日はダメ。……会社で倒れたの、忘れた？」

「もう大丈夫なのに……」

「寝不足なんだから、とにかく今夜は寝ること。俺も今日は我慢する」

発情しているのは香澄だけじゃない――圭介の台詞《せりふ》が言外にそう伝えてくる。香澄は大きく深呼吸をした後、彼の胸の中でうなずいた。

「……はい」

「おやすみ」

「おやすみなさい」

それからすぐに、香澄は眠りに落ちる。

圭介の肌のぬくもりが、子守歌のように気持ちを落ち着かせてくれた。


翌朝。

パチリと目を覚ました香澄は、一瞬自分のいるところがどこか分からなかった。けれどすぐに昨夜のことを思い出す。

隣を見ると、端整な寝顔が間近にあった。

彼女が身じろぎをすると、圭介のまぶたがひくんと動き、数瞬の後、ゆっくりと開く。

「……おはよう、香澄」

「まだ早いですよ、五時です」

ベッドサイドに置かれた目覚まし時計をチラリと見て、香澄は小声で告げた。

「……そっか」

彼が寝返りのように身体を返して香澄を組み敷く。同時に、彼女のくちびるに覆《おお》い被《かぶ》さるみたいなくちづけをした。

「っ、ん……っ」

起き抜けの香澄の身体は、ビリッと軽い痺《しび》れを覚える。圭介の手がルームウェアのトップスの裾から入ってきた。ブラジャーのホックを素早く外したかと思うと、そのまま服ごと剥《は》ぎ取《と》る。

キスから逃れた香澄は、息を乱しながら声を上げた。

「圭介、さん？」

「言っただろ？『昨日は我慢する』って。今日はもう我慢しないから」

「で、でもっ、今日は会社が……っ、んっ、ぁっ」

抗《あらが》う言葉を封じるように、胸の天辺を口に含まれた。

じゅるじゅると音を立てられ、舌で搦《から》め取《と》られるみたいな愛撫をされる。ひとしきり舐《ねぶ》られた後、彼の口は甘くも意地悪な言葉を放った。

「そう、会社があるからな。……できるだけ早く終わらせ……られるといいな」

ニッコリと笑みを浮かべたかと思うと、再び胸の先端をくちびるで捏《こ》ねた。そうして徐々に下に移動していき、腰にたどり着いた頃、香澄の身体を返す。

彼女が四つん這《よ》《ば》いの体勢になると、圭介は腰にキスをしてルームウェアのパンツを取り去る。さらにショーツに手をかけ、ゆっくりと下ろした。

「あ……ゃ、ん……っ」

無防備になった香澄の背中からお尻にかけて、彼の視線が何度も往復する。香澄にはその姿は見えなかったけれど、何をされているのかは分かった。

ほんのりと上気していた白い肌が、ますます赤みを増す。

寝室にかけられたカーテンは遮光ではないらしく、部屋は朝日で明るくなってきている。彼の目には、香澄の肢体が余すところなく映し出されているだろう。

「や……恥ずかしい」

「白くて、柔らかくて、きれいな身体だ。……それに、恥ずかしがる香澄も可愛い」

もじもじと全身を捩《よじ》らせる彼女を、圭介は嬉しそうに眺《なが》めているに違いない。しばらくして、彼女の尻たぶに手を添え、焦《じ》らすことなくそこを開いた。

「やだぁ……っ」

秘裂の中まですっかり空気に晒《さら》されて、この上ない羞恥心《しゅうちしん》が香澄をビリビリと痺《しび》れさせる。

「もう何度も見てるのに。……どこをどうすればどう反応するのか、香澄よりも知ってるつもりだよ」

そう言い放った圭介が、暴かれた襞《ひだ》に舌を這《は》わせた。下から上へとゆっくり舐め上げる。それを幾度も繰り返して、彼女の蜜口を綻《ほころ》ばせていった。

「あぁっ、んっ」

「起きたばかりだからあまり濡れないかな、と思ったけど、結構……」

彼はククッと笑いながら舌を埋めてかき回し、時には中に挿《さ》し入れて、卑猥《ひわい》に濡れた音を響かせる。

そこは疼《うず》き、あっという間にぬかるみを作っていて、香澄の身体を爛熟《らんじゅく》させていった。

「ほんと、香澄はいやらしい身体してるなぁ……そういうところも大好きだけど」

すでに滴《したた》りを蓄えている襞《ひだ》の中に、彼が指を埋め込むように滑らせる。花芯を剥《む》き出し、容赦《ようしゃ》ない愛撫を降らせた。

ベッドの上の香澄の四肢はガクガクと震え出して、今にも崩れ落ちそうだ。

「あっ、ん、あぁっ、あっ」

「気持ちよさそうだね。……もうイキそう？」

「んっ、ゃっ、い、っちゃ……っ、あぁ……っっ」

うなずく間もなく、香澄は畳みかけるように送り込まれる快感に到達する。そしてその痙攣《けいれん》する身体をベッドに沈ませた。

「朝なのに、イクのが早いな、香澄」

圭介が香澄の身体をそっと上向かせ、間近で彼女の顔を見つめてくる。

その瞳はたっぷりと情欲を湛《たた》えていて、それを目の当《ま》たりにした彼女の心身は、ことさらに昂《たかぶ》った。香澄は、ヘッドボードの上に伸びた圭介の手を軽く掴《つか》む。

「香澄？」

避妊具を取ろうとしていたのだろう手を止められた彼が、きょとんとした。

「私にも……させてください」

「……無理しなくていいよ」

「無理じゃないです。私が、したいんです」

顔を真っ赤にしたまま目を潤《うる》ませ、香澄は身体を起こした。

「そっか……じゃあ香澄の好きにしていいよ」

圭介はヘッドボードを背もたれにし、脚を投げ出して座っている。香澄はその間にひざまずき、彼のルームウェアのパンツをずらしていった。

張りつめた漲《みなぎ》りが視界に入る。

それにそっと手を添え、くちびるを近づけた。

幾度かキスをし、舐《ねぶ》った後、意を決したように肉塊を口腔へ迎え入れる。

（熱い……）

こういうことをするのは初めてではないものの、決して好きではなかった。むしろ嫌悪感すらあった。

高塔とつきあっている時、無理矢理口に突っ込まれたせいだ。

その時は気持ち悪くなって嘔吐《えず》いてしまい、涙が出た。

でも圭介には――どんなことでもしてあげたい。

いつも気が遠くなるほどの快感をくれる彼に、奉仕したいと思う。

嫌悪感なんて、これっぽっちもない。

不慣れではあるけれど、懸命に口を働かす。舌を絡ませ、じゅぷじゅぷと音を立てて吸い上げた。

時折、圭介の口から艶《なま》めかしい吐息が落ちる。それを聞く自分まで疼《うず》きを覚えていた。

ふいに、香澄の髪を梳《す》く感触がする。圭介の手が、労《いたわ》るように彼女の頭を撫《な》でていた。

「――香澄はさ、自分では気づいてないかもだけど、意外と表情に出るんだよ。俺のことが好きだ、っていうのも……隠してるつもりだろうけど、結構出てた」

髪に触れながら語る彼に答える余裕もなく、香澄は奉仕を続ける。

「なのに、本当に俺に伝えたかったことは、おくびにも出さなかったんだな。……まぁ、俺のせいだけど。まさか、別れ話を切り出されるなんて思ってなかった。……俺ってバカだったんだなって、二十九年生きてて初めて気づいた」

上から聞こえる声は、申し訳なさげだ。

「――ほんとにごめん……香澄」

その謝罪の言葉に応え、香澄は圭介の昂《たかぶ》りを口に含んだままかぶりを振った。そのまま頭を上下に動かし、一心不乱に今の自分にできる愛撫をする。

「っ、香澄……、もういいよ」

わずかに余裕のない声音で、圭介が告げた。けれど彼女は、さらに首を振って続ける。

「んん……っ」

「香澄」

今度は揺るぎない口調で、彼が香澄を抑えた。

「な……に？」

「イク時は、香澄の中でイキたい」

きっぱりとそう言って、真裸の香澄と体勢を入れ替える。

彼は服を脱ぎ捨てて避妊具をまとい、彼女の秘裂に改めて触れた。そこからあふれた蜜は、香澄の内腿《うちもも》に筋を作っている。

「あぁ……だいぶ濡れたね」

圭介の雄を咥《くわ》えていたせいで自分まで感じていたなんて、恥ずかしい。

けれど、ぬかるみに指を容赦《ようしゃ》なく埋められると、香澄は甘い悲鳴を上げてしまった。

「あぁ……っ!!」

「謝罪代わりに、今日はめいっぱい優しくしようと思ったけど……」

言葉とは裏腹に嬲《なぶ》るような激しい愛撫を繰り返す彼に翻弄《ほんろう》される。その中で、香澄は自分の想いを伝えた。

「っ、や、さ……し……くて、いぃ……っ」

「ん？」

彼女の言ったことが聞こえなかったのか、彼が動きを緩《ゆる》める。

「や、さしくしなくて、いい……圭介さんの、好きにして、ください……」

熱に浮かされ、それでも圭介の瞳をしっかりと捉《とら》える。

あなたになら、何をされてもいい――そう伝えたかった。

「香澄……」

圭介が一瞬くしゃりと顔を歪《ゆが》め、それからわずかに痛々しげな笑みを浮かべた。あふれ続ける愛液で手首まで濡らしながら、香澄の耳元で囁《ささや》く。

「……俺を、ここに入らせてくれる？」

色気を滴《したた》らせた声が直接耳に吹き込まれ、香澄は背筋がゾクリとした。喘《あえ》ぎつつ、何度もうなずく。

彼は彼女の脚を開き、すぐに秘裂に屹立《きつりつ》を宛《あて》がった。一気に腰を押し進める。

「あぁんっ」

香澄は甘い悲鳴を上げて腰をしならせた。

圭介はそのまま最奥まで貫《つらぬ》くと、そこに留《とど》まったまま、香澄の瞳を見つめる。その双眸《そうぼう》の奥には、劣情と色気、それから彼女に対する愛情が燻《くすぶ》っていた。

(あぁ……)

香澄は今、はっきりと分かった。

(どうしてずっと気づかなかったんだろう……)

――この人の目は、こんなにも饒舌《じょうぜつ》に私を好きだと告げていたのに。

圭介が自分に向ける瞳は、いつもこんなふうに熱と色と光を宿していた。自分の目が曇っていたせいで、そう見えなかっただけだ。

香澄の瞳からポロポロと涙がこぼれ落ちる。

「け、すけさん……っ、好き……っ」

くちびるから抑えきれない気持ちが漏れた。

圭介は律動を起こさず、ただ下腹部をぴったりと押しつけたまま彼女を見つめている。

そして――

「――愛してる」

一段と低い声音で真摯《しんし》に告げた。その言葉は、今までのどんな愛撫よりも香澄の総身に甘く深い悦《よろこ》びを与える。

「っ、あぁっ、んんっ……っ!!」

愛にまみれた愉悦を余すところなく受け取った身体は、大きく跳ね上がった。

圭介がクスクスと笑みをこぼしながら呟《つぶや》く。

「――まだ動いてないのに」

それでも香澄は達してしまった。

昂《たかぶ》りすぎた気持ちが快感へと昇華していく。

「っ、ぁ……も、ずるい……。いきなり、言うんだから……っ」

香澄は左手を圭介に突き出す。彼の頬に触れ、手の平で撫《な》でた。

昨夜お風呂上がりに貼ってもらった手首の湿布、それを目にした圭介が苦笑する。

手首に触れると彼女が気にすると思ったのだろう、彼はわざとそこを避けていた気がした。だから、香澄は自分から差し出すことにしたのだ。

湿布を剥《は》がした手首を彼の目の前に突き出す。

「触って……」

「……いいの？」

香澄は大きくうなずいた。

まるごと愛して――そういう意味を込めて。

「……まだ痛い？」

「少し」

圭介がそこにそっと触れ、それからゆっくりとくちびるを押しつける。

「っ」

ビクリと香澄の全身が震えた。

手首に移された彼の熱が、血管を通って身体中に巡り感覚を麻痺《まひ》させる。

まるで麻薬、だ。

侵されてしまって、もう以前と同じには戻れない。

震える彼女を見て、圭介が痛々しげに笑う。

「――俺は手首フェチというより、結局、ずっと無意識に香澄のことを求めていたんだな。なんだか滑稽《こっけい》だけど」

高熱に浮かされた中で夢に見た女性を忘れられなくて、その人と同じ手首を持つ女性を探した。そして理想の手首を見つけたと思ったら、実は介抱してくれた女性その人だった。

巡り巡ってきれいに帰結したけれど、ただ一人――香澄に振り回されていただけ。

圭介はそう言う。

「圭介さん……」

そして彼は、香澄の上に身体を落とした。

わずかな隙間もないほどみっちりと肢体を密着させたまま、くちびるに軽く触れる距離でのキスを繰り返す。

音も鳴らさず、舌も絡ませない、乾いたままのくちづけは、もどかしいのに、どこか淫猥《いんわい》でいやらしい。

「は……ずっとこうしていたいけど、今日は工程会議があるんだよなぁ……」

「っ、ぁ……」

彼が漏らす吐息混じりの声音さえ色っぽくて、香澄はそれだけで身も心も疼《うず》いた。

「香澄のここが、さっきからひくひくしてる。早く動いて、って催促してるみたいだ」

圭介が香澄の蜜口に腰を押しつけてくる。

彼女が内部に屹立《きつりつ》を迎え入れてから、まだ一度も抜かれていない。だから当然抽送も始まってはいなかった。

けれど一度達している彼女のそこは、愛液をあふれさせて圭介の雄茎を濡らしている。

「ん……早く……っ」

「……了解」

腰を揺らす香澄に応えるように、彼は緩《ゆる》い律動で彼女を穿《うが》ち始めた。

「んぁっ、ぁ、は……っ」

途端、ぶわりと全身が総毛立ち、香澄の表情が甘くとろける。

「香澄……可愛い」

徐々に抽送は速くなり、快感も強くなる。

香澄の蜜口や内壁が切なく疼《うず》き、腰は貪欲《どんよく》に愉悦を求めて動いた。

いやらしく反応する身体が恨めしい。

けれど、もっともっと気持ちよくなりたかった。

圭介と溶け合いたい欲が大きく育ちすぎていて、自分でも制御できない。

朝にもかかわらず、香澄は高い喘《あえ》ぎ声《ごえ》を放つ。

「あっ、んっ、け、すけさ……っ、もっと……っ、あぁんっ」

「……いいの？　この後、会社に行かなきゃならないのに……」

「いいの……っ、は、き、もちぃ……っ、あぁっ」

「ほんと……香澄は、いやらしいな。……ずっとこうしていたくなる」

深く強く突かれ、香澄の口ははくはくと動いた。言葉を成さない甘い声をただただ漏らす。

「あぁっ、あ、あ、っ、はぁっ、んっ」

「は……好きだよ、香澄……っ」

余裕がなくなりつつある彼の声音に、香澄の身も昂《たかぶ》る。

熱い屹立《きつりつ》で貫《つらぬ》かれている双襞からは、ぐちゅりと生々しい水音が絶えず聞こえた。

「あんっ、ゃっ、も……だ、めぇ……っ」

四肢が壊れそうなほど激しい律動がもたらす強烈な快感に、意識を流されそうになる。香澄はそれを必死でたぐり寄せていたのだった。


「も……自分ちに寄ってる暇がない……」

ベッドの上でぐったりとしながら、香澄はひとりごつ。時は無情に流れてゆき、出勤まであと三十分となってしまった。

昨日と同じ服で出社する覚悟を決めると、圭介がベッドを下りてクローゼットを開けた。何やら探し始める。

「洋服ならあるから大丈夫」

そう言って、彼はリボンがつけられた箱を出してきた。

「これ……」

「ジョーが、嬉しい感想をくれたお礼だって、香澄に」

ジョアンがアメリカのブランド店で購入したものを、日本に出張に行く裕一郎に託したのだそうだ。

「わ、そんな……いいんですか？」

「いいんだよ、もらってやって」

言葉に甘えて開封すると、ブラウスとスカートが出てくる。通勤着にもなる淡い色合いだ。

「わぁ、可愛い」

「これなら会社に着ていけそうだな」

「はい」

「それから、これ」

圭介の手の平には見覚えのある箱があった。

「あ……」

香澄が二日前に彼の机の引き出しに返しておいたブレスレットだ。

「もし香澄がよければ、ブレスレットじゃなくて、指輪にしようか、これ」

「え……」

「もしブレスレットが嫌なら――」

圭介の提案に、香澄は慌てて声を上げた。

「い、嫌じゃないです！」

「香澄？」

「ごめんなさい！　わ、別れるなら返さなきゃ、って思ってたので……でも、すごく嬉しかったし、大切にしてたんです。だって、圭介さんがくれたものだから。……もしよければそのブレスレット、私が持っていていいですか？」

　その言葉に満足げに笑うと、圭介はブレスレットを取り出し、香澄の右手につけた。

湿布が巻かれている左手首にはさすがにつけられなかったようだ。

「ありがとう。……いずれはちゃんとしたのを贈るつもりでいるけどね」

「え？」

　彼は意味ありげに笑み、香澄の左手を取って薬指にくちびるを押しつけた。

「ここに、指輪を」

「そ、それって……」

「……そう遠くないと思うよ」

　途端に香澄の頬が赤く染まる。圭介の顔を見つめていると、彼はおどけたように肩をすくめたのだった。

＊＊＊

　結局、香澄と圭介は一緒に出勤した。

　同じ部屋から行くのだから、当然と言えば当然のなりゆきだ。

　電車を降り会社の更衣室の前で別れるまで、ずっと並んで歩く。

その間、圭介は時折「身体、大丈夫？」などとからかうように尋ねては、香澄が頬を染めるのを楽しんでいた。

そして、職場に着いた香澄を待っていたのは、女性社員たちからの質問責めだ。

前日、圭介が彼女を抱き上げて社内を移動していた件や、一部の人間が聞いた交際宣言は、一晩経ってセンター内の隅々にまで伝わっていた。

「立花さんっ、碓氷さんとつきあってるって、ほんとですか!?」

「碓氷さんがOKしたんですか？」

「まさか立花さんが碓氷さんを籠絡《おと》すとは思わなかったなぁ。どうやって迫ったんです？」

次々に浴びせられる質問に、香澄はたじろぐ。完全に彼女が圭介に粉をかけた前提で尋ねられ、返答に困った。

そこに圭介がやってきて、助け船を出そうとする。

「立花さんは――」

「碓氷さん」

しかし香澄は、かぶりを振って彼を抑えた。ここは自分で言うべきだと思ったから。

取り囲む女性社員たちに向かって、口を開く。

「今、こんなところで言うべきことじゃないとは思うから、簡潔に答えさせてください。

私、碓氷さんとおつきあいしてます。詳細はプライベートなことなので割愛するけど、でも、それは事実です」

緊張しつつ、きっぱりと言った。

その姿を見た圭介が、ホッとした様子で口を差し挟んだ。

「すみません、これだけは言っておきますが、僕のほうから立花さんにつきあってほしい、って告白しました。最初は断られたんですが、僕があまりにもしつこいから、折れてくれた、というのがことの顛末《てんまつ》です。だから、そこだけは勘違いしないでください」

ニッコリと、それでいて有無を言わせない静かな圧力を発する。そんな釘を刺されてしまい、女性たちは何も言い返せないまま、引き下がった。

それからも彼は、さりげなく香澄をフォローしてくれる。おかげで以降、あからさまに悪意を向けられることは少なくなった。

それに——

以前須永に呼び出された会議室に、香澄は、今度は逆に彼女を呼び出した。

「立花さん、何か用ですか？」

「これ、よかったら休み時間にでも食べて」

小さな紙袋を差し出す。中には、コンビニで買ったものだが、少しお高いチョコレートがいくつか入っている。

「……なんですか？　これ」

「私の机に湿布置いてくれたの、須永さんでしょ？」

香澄の言葉を聞いて、須永はビクリとした。

「し、知りませんっ、そんなの」

「隠さなくても」

香澄はクスクスと笑う。すると須永は、観念したように大きく息をついた。

「……どうして分かったんですか？」

「私が捻挫《ねんざ》したからって、わざわざ未開封の湿布の箱を会社に持ってきて机に置く人なんて、須永さんしか考えられなかったから。うち、湿布切らしてたんで、すごく助かったの。ありがとう」

その言葉を聞いた須永は目を大きく開き、それから急に深々と頭を下げた。

「すみませんでした！　……突き飛ばしちゃって」

「もう気にしてないよ。……でもどうして？　私のこと、嫌ってるんじゃなかったの？」

香澄の問いに、須永は口ごもり、感情を押し込めたような声で語り出す。

「──私、碓氷さんが本当に好きだったから、はっきり言って、立花さんのこと憎いです。嫉妬《しっと》してます。……でも、嫌いにはなれない。……だって、私が新人の時、先輩のミスを押しつけられたのを立花さんはかばってくれて……っ。課長に説明してくれた……」

　わずかに目尻に涙を浮かべて、言葉を絞り出す。

「そんなこともあったね」

　香澄は彼女に言われるまですっかり忘れていた。けれど確かに、須永が配属されて数ヵ月の頃に、とある先輩社員がミスをし、それを須永のせいにしたことがあった。その時に、陰で泣いていた彼女を慰《なぐさ》め、秘かにフォローしたのが香澄だ。

　表だって動くと、ますます先輩の反感を買うと考え、終業後に管理職に時間を取ってもらった。そして今回の件は新人の須永のせいではないことを告げる。事《こと》を荒立てると彼女に余計な負担がかかるかもしれないと伝えて穏便に済ませ、その上で先輩社員の仕事を確認してもらえるよう、訴えた。

　ちなみに、須永に濡れ衣を着せた先輩社員は、別件でも大きなミスをし、最終的には別の部署へ異動になっている。

「――あの時から、立花さんのことを尊敬していました。でも、碓氷さんと立花さんが怪しいって気づいて……先輩だろうが関係ない、絶対奪ってやる、って、勝手にライバル心燃やしてたんです。でも、この間はあんなふうに言ってケガまでさせてしまいました。……立花さんは私の恩人なのに。それで結局は、恋敵《こいがたき》の立花さんより、恩人の立花さんが勝っちゃったんですよねぇ。……だから、碓氷さんのことはきっぱり諦めます。

元々、私に興味も持ってくれてなかったですしね、あの人」

須永がフッと笑う。

その声は少し震えていて、強がっているのが香澄にも分かった。

今考えてみると、彼女は出張へ行くと必ず香澄に土産《みやげ》を買ってきてくれていた。もちろん『詰め合わせ』をだ。さりげなく置いていってくれるので、いつも後になってから気づいていた。

それから、シアトルの社内報でのインタビューの件を主介に伝えたのも、須永だったと判明する。

香澄との交際宣言をした圭介を、彼女は呼び止めたそうだ。

香澄がインタビュー内の『理想の女性』について気にしているだろうから、何かあるならちゃんと説明してあげてと、彼に訴えてくれたらしい。

実は圭介からもその話は聞いていた。

『須永さんには、ちゃんと「あの女性は香澄のことだから」って、言っておいたよ。彼女、香澄のこと心配してた』

そう言っていたのを思い出して、香澄は心からの笑みを浮かべる。

「そういえば須永さん、今日も、私のことかばってくれたよね。あれ嬉しかった、ありがとう」

そう、多くの社員の前で圭介が釘を刺したとはいえ、それをものともしない女性が香澄に嫌味を言いにくることはある。それをかばってくれたのが、なんと須永で、ネチネチと言ってくる人たちを追い払ってくれたのだ。

「……まぁ、それは、この間のお詫《わ》びと、昔の恩返し、みたいな？」

須永が照れくさそうに言う。

「……そっか、ありがとね。今度夕飯おごるから」

「立花さんのおごりならつきあいます」

ふっきれたような笑顔でそう言う彼女はぺこりと頭を下げ、会議室を出ていった。

その日は公私ともに慌ただしく、あっという間に一日が終わった。

ことあるごとに圭介とのことを聞かれ、判で押したように同じ言葉を繰り返しているうちに、香澄は少々疲れた。

そんな彼女を労《ねぎら》うために、街田と律子が夕食に誘ってくれる。

香澄と圭介、律子と街田の四人は、終業後にステーキハウス・オオムラで夕食を取ることになった。

四人揃って行くのは初めてだ。もちろん、例の盛り合わせを頼んでシェアする。注文を終えると、早速話し始めた。

「――ふーん……収まるところに収まった、って感じね」

赤ワインが入ったグラスをゆらゆらと揺らしながら、律子が呆れたように言った。

「……お騒がせしました」

「ごめんな、律子ちゃん」

「ほんとですよ、碓氷さん。二人とも恋愛初心者か、ってくらいしょうもないことですれ違いましたよねぇ」

「……申し訳ない」

「まぁまぁ、うまいこといったならよかったじゃないか。ほら、みんな食べようよ、盛り合わせ。香澄ちゃんにはエビフライ多く入れておいたからね」

ばつの悪そうな圭介をかばいながら、街田が料理の載った皿を他の三人に配った。

「あ、わーい、ありがとうございます、街田さん」

「結局、俺の言った通りになったでしょ、香澄ちゃん」

サイコロステーキに大根おろしを載せながら、街田が得意げな表情で言う。

「え?」

「碓氷とつきあっちゃえばいいのに、って、俺言ったよね」

「……あ、そうです、ね」

確かに街田は以前、このステーキハウスでそんなことを言っていた。圭介が赴任してきた日の夜だったと記憶している。

「――だって俺、碓氷が香澄ちゃんのこと探してたの、知ってたからね」

「……そうなのか？　街田」

圭介が目を丸くする。

「碓氷が早く海外勤務を終わらせるきっかけになった、会議でお茶を出した子が香澄ちゃんだったの、俺は知ってたし、碓氷が倒れた時に見た夢の女性が香澄ちゃんだったのも分かってた。手首に三つのほくろが並んでる子なんてそうそういないだろ。……あの頃、めちゃくちゃ忙しい中、香澄ちゃんが本社に書類届けに行ったの覚えてるよ。届け先にいたやつは俺の後輩だったしね」

「それならどうして教えてくれなかったんだよ？」

圭介が眉根を寄せて街田に言《い》い募《つの》る。

「簡単に見つかったら、つまらないだろ？」

「そうよそうよ、障害があればあるほど、気持ちだって燃え上がるじゃない」

街田と律子が声を揃えた。二人はニコニコしながらお互い見つめ合っている。

香澄には、二人の後ろに悪魔の尻尾《しっぽ》が揺れているのが見えた。

「ドSカップル……」

「人の恋路を弄《もてあそ》んで喜んでるな……」

香澄と圭介は、苦笑いで呟《つぶや》いた。

「あ、そうだ。香澄ちゃん、高塔と安井さんたちのことは、もう心配ないからね」

ふいに、街田が言った。

「え？　どういうことですか？」

「俺があいつらにお願いしておいたから。香澄ちゃんにはもう関わらないで、って」

ニッコリと笑う彼に、香澄は首を傾《かし》げる。圭介がうんざりしたような表情で、耳打ちしてきた。

「出たな、街田の暗躍。……香澄、こいつは敵に回さないほうがいいよ。後ろめたいネタを掴《つか》まれて脅されるから」

「人聞きの悪いことを言うなよ、碓氷。平和的にお願いしただけだ。……交渉に有利になる材料を揃えるのは、取引の基本」

「ものは言いようだな」

香澄も律子から聞いただけだが、街田は美味《おい》しいレストランや店のリサーチによって培《つちか》われた調査力を、様々な場面で駆使しているらしい。敵に回した時にはその情報がそれはそれは恐ろしい武器となるそうだ。

どうやら今回も高塔や安井について調べ上げ、『交渉を有利にする材料』をきっちり彼らに聞かせたらしい。

「大丈夫。俺は大切な人の情報は持たない主義だから、香澄ちゃんのも碓氷のも織田のも持ってない。……もちろん、律子のもね」

「あら、私のは持つ必要ないじゃない。聞かれれば、いつだって情報提供するもの」

「そうだよね」

律子と街田がまたしてもにこやかに顔を見合わせた。

「街田さん……ありがとうございました」

香澄は素直に頭を下げた。

高塔たちの嫌がらせがなくなるのは、本当に嬉しい。

本当なら自分で解決しなければならないのだろうけれど、一人ではなかなか上手《うま》く立ち回れないのが現実だ。正直、彼の気遣いはとても心強かった。

そして、律子にも須永にも助けられた。何より圭介が、かばってくれている。

こうして助けて守ってくれる人が身近にいるのだから、香澄は甘えることにしたのだ。

「いいんだよ、香澄ちゃんは俺たちの友達なんだから」

「そうね。私も香澄のために、情報収集頑張るわ！」

幸せそうな彼らを見て、圭介と香澄は同じ方向に首をひねった。

「この二人は、職業選択を完全に間違ってる気がする」

「そうですね……信用調査会社か探偵事務所でも開くべきですよね」

そんなふうに食事を終えた四人は、一緒に電車に乗った。

街田は律子を送るため、圭介は香澄を送るため、双方の恋人宅の最寄駅で降りる。

自宅に向かって圭介と一緒に歩き始めた途端、香澄はクスクスと笑い出した。

「——街田さんって、結構なくせ者ですよね。基本的には優しいですけど」

「人の好《よ》さそうな顔してるくせにな？」

圭介もくつくつと釣られたように笑う。

「あ、そうだ。お昼過ぎにジョーからメッセージが来てましたよ」

「ジョーから？」

香澄は今朝の出勤前に、圭介とおつきあいをしていることと洋服のお礼を、分かりやすい日本語で伝えておいたのだ。

加えて、もらった洋服を着た香澄の写真も送ってみた。圭介と並んで撮影した自撮りのものだ。

彼女からの返事は、仕事中に届いたらしい。

『かすみ、ようふくおにあい！　ケイスケともおにあい！　これからもよろしくね！　ケイスケとケンカしたら、私につたえて。私、かすみのみかただから』

終業後にチェックすると、そう書かれていた。

圭介は堪《こら》えきれないといった様子で笑い出す。

「そっか、ジョーは香澄の味方か～」

「可愛らしい人ですよね」

「そこを好きになったんだろうな、兄貴は」

「そういえば、街田さんは知ってるんですか？　ジョーのこと」

「一応、ね。でも律子ちゃんには言ってないみたいだな。別にいいのに」

「街田さん、圭介さんのこと大事なお友達だと思ってるんですね。私にも分かります」

圭介に許可を得ていないので、律子には話していないのだろう。香澄だってそうだったから。街田の律儀さはよく理解できる。

「そう？」

「私も律子のこと、大切な友達だと思ってますし。律子もきっとそう思ってくれてると……」

「──俺もそう思ってるよ？」

圭介の言葉に、香澄は顔を上げて隣を歩いている彼を見た。

「え？」

「俺も、香澄のことを大切に思ってるよ。……友達ではないけど」

とろけそうな笑みで、圭介が告げてきた。

香澄の心の中に、穏《おだ》やかで温かいものがじんわりと広がる。

「……私も、です」

「俺たちもずっとずっと仲よくしような、兄貴たちや街田たちみたいに」

「……はい」

彼が絡めた手にぎゅっと力を込めてきた。

そこから伝わってくる熱と甘さに、香澄は赤らんだ頬を緩《ゆる》ませる。それから、彼の手を握り返したのだった。

Scarlet romance

『――もうすぐ先生が来ますからね』

耳に優しい声と、『ちょっと失礼します』の言葉とともに額《ひたい》に置かれた手の温度。

うっすら開けた目に飛び込んできた手首のフォルムの美しさと、そこに並んだ三つのほくろ。

そして、安心させるように微笑《ほほえ》んだその顔――

場の空気を浄化する心地よさが、そこにはあった。

＊＊＊

「――シアトル研究開発センターから異動になりました、碓氷圭介です。これからどうぞよろしくお願いいたします」

海堂エレクトロニクス技術研究所・桜浜開発センターに圭介が着任したその日。彼が軽く下げた頭を上げると、周囲からため息のような音が多数聞こえてきた。どうやら他の課からも女性社員が遠征してきているようだ。今この瞬間、この場所の女性の比率は普段より確実に高いのだろうなと、圭介は思う。

容赦《ようしゃ》なく注がれるピンクの視線を全身で受け止めながら、心の中だけでため息をついた。

自分の見た目が周囲の人間に与える印象や影響を、碓氷圭介は十二分に理解していた。恵まれた容姿を持って生まれ、望むと望まざるとにかかわらず常に人から注目され続ける人生を送ってきたお陰で、嫉妬《しっと》やその他の悪意をかわすことには慣れている。

海堂に入ってからも、ずっと上手《うま》くやり過ごしていた。

当時の上司からアメリカに行かないかと言われたのは、そんな生活に少し疲れた頃だ。向こうなら、のびのびと過ごせそうな気がし、圭介は喜んでそれを受け入れた。

けれど、駐在準備と仕事の同時進行で日々忙殺され、出発まで目が回りそうな日々を送ることになる。そして出発直前、会社で倒れてしまった。

気がつくと、社内の診療所に運ばれてベッドに寝かされていた。目を開けると、看護師が圭介の汗を拭《ぬぐ》ってくれていたのだが、その時に彼が思ったことは、『夢だったのか……』だ。

ぼんやりとした女性の姿と、熱を持った額《ひたい》にそっと触れてくれた彼女の手の感覚が、やけにリアルに彼の心に刻み込まれているというのに。

圭介は、彼女の面影《おもかげ》を心の奥底で温めることにした。

特に手首が忘れられない。女性とつきあってもそこを注視してしまうし、執着してしまうのだから重症だ。

これを『手首フェチ』と呼ぶのだと知ったのは、アメリカでつきあっていた日本人女性に指摘された時だった。初めてそう言われたその時は、自分の性癖に絶望にも似た気分に襲われた。けれどその反面、すっきりもした。

そして、それを受け入れてからはほぼ開き直り、圭介は理想に近い手首を持つ女性を見つけては、触らせてもらった。

普通、男性からいきなり手首に触りたいと請《こ》われて快諾する女性などいるはずはない。圭介はそう思っていたが、彼の願いを拒否する女性はほとんどいなかった。

これは自分のルックスが功を奏しているからに他ならない。初めて、自分の外見に感謝した。

そんな圭介がアメリカに駐在して、二年近く経ったある年末。

出張で桜浜開発センターでの会議に出席したのだが、途中でお茶が出された。わりと大人数の会議だったので、数人の女性が対応してくれた。とはいえ、資料に集中していた圭介は女性たちを気に留めるどころか、顔すら上げていなかった——自分にサーブされるまでは。

『失礼します』

ごく小さく囁《ささや》かれたその声がなんとなく引っかかり、彼は顔を上げる。そして、目の前に置かれた紙コップからそっと離れていく女性の手に、目を奪われた。

(え……)

華奢《きゃしゃ》すぎず太くもない、白くきめの細かい肌、うっすらと血管が浮かんだ手首内側に並んだ三つのほくろ——夢とまったく同じと言っていい手首が、そこにあった。

圭介は離れていく手の先を、目で追うことができなかった。あまりに突然の邂逅《かいこう》に頭が麻痺《まひ》し、身体が固まってしまったからだ。

ハッと我に返った時には、会議室にはもうお茶出しの女性はいない。

「碓氷、どうした? 時差ボケか?」

思わずドアをじっと見つめていると、隣にいた同期の織田に声をかけられる。

「え? あ、うん……まぁそんなとこ」

それから会議は一時間ほど続き、解散となった。廊下に出た圭介は、織田に問う。

「織田、さっきお茶出してくれた子、誰だか分かる?」

「あー……ごめん。その時俺、電話かかってきて外に出てたから分かんない」

そういえばそうだったと圭介は思い出す。すると織田がクスリと笑った。

「何、可愛い子だった？」

「いや、顔は見てなかった」

「は？　顔見てなかったのに興味出たわけ？　なんだよそれ」

「あー……いや、うん――」

「碓氷くん、本社戻ろう～」

歯切れの悪い返事をしていると、先輩社員からお呼びがかかる。

「会議が終わった途端に本社にとんぼ返りとか、忙しいな、碓氷。飲みに行く時間もなさそう？」

「うん、悪い、今回はほんと忙しくて。今日はサプライヤーとの飲み会、明日は共同研究してる大学とのビジネスディナーがあるんだ」

「そっか、残念だな。今度時間ができたら、街田と三人で飲みに行こうぜ」

「そうだな」

そう言って圭介は織田と別れ、本社へ戻った。

そして、お茶を出してくれたあの女性を探す暇もほぼないまま、疲労困憊《ひろうこんぱい》で帰米する。

唯一の収穫は『お茶を出してくれたのはサイバーセキュリティ研究開発部の庶務の誰か』ということを小耳に挟んだことだった。

どうしてもその手首の持ち主に会いたい。これまで何人もの女性の手首に触れてきたが、あんなにも理想のフォルムを持つ人物に出逢ったことはない。

触れてみたい――日を経るごとに、その想いがふくれ上がっていき……

ついに彼は、現地の日本人上司に日本に帰してもらえないかと直談判したのだ。

渋い顔をされるだろうと予想していたが、意外にもいい反応が返ってくる。

「実はねぇ、本社からも碓氷くんを帰してほしい、って言われてたんだ。こっちでの仕事がまだあるから、って断ってたんだけど、もしそれを終わらせられるなら……」

上司が苦笑して言う。圭介はこの機を逃がさず、重ねて告げた。

「すみません、できれば本社ではなくて、桜浜開発センターへ赴任したいです」

少々無理を頼んでいる気もしたが、圭介には勝算があった。

「えー、そう？　じゃあ向こうに打診してみるね。碓氷くんならほしいって言う管理職、いると思う。ほんとはまだシアトルにいてほしいけどさぁ……」

この上司はもともと桜浜で長年働いていたのだ。おそらくバックアップしてくれると思っていた通りだった。

どことなく嬉しそうな表情で検討を始める上司に、圭介はさらにつけ加える。

「可能なら、サイバーセキュリティ研究開発部でお願いします」

「分かった。でもこっちでの仕事が終わらなかったら、この話はなしだよ」

「大丈夫です、終わらせますので」

ニッコリと自信ありげに笑う。

そして圭介は半年ほどでシアトルでの仕事を終え、希望通り桜浜へ異動したのだった。

＊＊＊

『──なんだ。やっぱりうちの会社に来るつもりはないのか』

電話の向こうで、兄の裕一郎が残念そうに言った。

桜浜へ行くと兄に電話で報告していた圭介は、一応謝る。

「ごめん。でも俺は日本で働きたいから」

裕一郎はロサンゼルスで化粧品ブランドを展開している。日本人ならではの繊細《せんさい》さがアメリカ人女性に受け、大ヒット中だった。その足がかりとなったのは、裕一郎の妻であり、アメリカで絶大な人気を誇るアーティストのジョアン・マッキーだ。

人気絶頂の彼女が広告塔になってくれたお陰もあって、化粧品は瞬く間《またた》に大ヒットし、彼が立ち上げた化粧品会社は一躍人気ブランドへのし上がっている。

圭介がアメリカに赴任になった時、裕一郎は一度、彼を自分の会社に誘っていた。

それを畑違いだからと断り続けていたのだが、日本に帰国することが決まった今、もう一度残念がられる。

年が六つ離れた兄は、昔から圭介をとても可愛がってくれた。今でも仲のいい兄弟だ。

だから裕一郎の申し入れを断るのは心苦しいのだが、こればかりは仕方がない。

『もし気が変わったら、いつでもまたアメリカに戻ってこい』

裕一郎はそう言って、電話を切った。


圭介が日本に戻ったのは、会社がお盆休みに入る数日前だった。

会社が用意してくれた社宅は、桜浜市内にある借り上げの独身者用マンションだ。赴任休暇と合わせて十連休になったので、その間に生活に必要なものを揃え、車を注文する。

そんなこんなであっという間に休みは終わり、いよいよ桜浜開発センターでの業務開始日となった。

初日、挨拶回りをしながら、例の手首の持ち主をさりげなく探す。

すると、第二開発課と第三開発課の庶務担当者はあっさりと候補から外れた。

季節は真夏、二人とも半袖で仕事をしていたので、手首をチェックするのは容易だ。

どちらもほくろはなかったし、フォルムもあの日見たそれとは違っている。

（とすると、残りは……）

圭介が配属された第一開発課を担当している庶務だ。

そんなことを考えながら彼が部署へ戻ると、挨拶回りに同行してくれた課長の品川が、いいタイミングで紹介してくれた——目当ての人物に。

「あぁそうだ。うちの庶務さん紹介しておくね、碓氷くん。こちら、立花さん。事務手続きのことは彼女に聞くといいよ」

自分に宛《あて》がわれた座席の左斜め前に座っていた女性を、品川は示している。そちらに目をやると、清楚《せいそ》な雰囲気の女性が立ち上がった。

「立花です。よろしくお願いします」

その声は、あの会議の時にお茶を出してくれた女性のものに似ている気がする。

「碓氷です。こちらこそ、お世話になります」

圭介の視線は彼女の手首へ注がれた。

(長袖か……)

冷房が直撃する場所に座席が置かれているせいか、彼女は長袖のカーディガンを羽《は》織《お》っており、手首はしっかりと袖で覆《おお》われていた。

今すぐその袖をまくって確認したい衝動を、圭介はなんとか堪《こら》える。そんなことをすれば、完全なセクハラだ。

(まぁ、今日か明日には確認できるだろう)

圭介は彼女——立花香澄の寒がりをなめていた。

数日が過ぎても、カーディガンを脱ぐどころか腕まくりすらする気配を見せない香澄に、圭介はわずかに焦《じ》れ始める。チャンスを逃すまいと、ことあるごとに彼女の手首へ視線を送った。もちろん、気づかれないように、だ。

そんなふうに彼女を観察していると、やがていろいろなことが分かってくる。

まず、彼女は決して圭介に媚《こ》びない。これは初対面の時からそうだ。

彼は、そこに好感を覚えた。

圭介を目の前にした女性の大半は、彼に見とれ、意識する。それなのに香澄はあくまでも他の社員に対するのと同じ態度で、――いや、意識はされていた。ただし、他の女性とはまったく逆の意味で、だ。

端《はた》から見れば分からない程度だが、香澄は明らかに圭介を避けていた。

書類を手渡しされることはほぼなく、席を外している間に机に置かれていることが多い。ちょっとした連絡もメールか社内メッセージ経由で来る。極力彼と関わらないようにしていた。

(嫌われているのか……？)

身に覚えはまったくないが、圭介は初め、そう考えた。

けれど、机に置かれた書類に貼付された付箋《ふせん》には、いつも詳細な説明がきれいな字でぎっしりと書かれている。話しかければ愛想よく対応してくれて、そこには嫌悪の感情など存在していなかった。

彼女の仕事は速くて丁寧だし、本人も不用意なことを言わない。その誠実さも相まって、部署内のほとんどの人間が彼女を慕っているように見える。

何より、時折見せてくれる柔らかい笑顔を、圭介は可愛いと思った。

そんな彼女を見ている内に心の中に温かいものが湧いてくる。

桜浜に赴任してから、圭介は何人もの女性から声をかけられ、時にははっきりとつきあってくれないかと頼まれた。

けれど、彼女になってほしいと思える子はいなかったのに……

そもそも圭介は見た目と違い、派手なことを好まない。夜遊びはしないし、喫煙やギャンブルにも縁遠い。仕事面では有能なほうだという自負はあるが、内面はごくごく普通の男性だ。

派手な見た目の女性からぐいぐいとアプローチされるのは、はっきり言って好きではない。あしらい方が上手《うま》いだけなのだった。

それなのに香澄は、理想の手首の持ち主候補であることを差し引いても、好ましく思える。

（こんな子が彼女だったらいいよな……）

圭介が心の片隅でこんなことを思い始めた頃、ついに事態は動いた。

職場の空調が故障し、さすがの香澄もカーディガンを脱いでいたのだ。

会議の合間に彼女にお茶を頼みに行った圭介は、自分を扇《あお》いでいる彼女の手に釘づけになった。

「やっぱり、君だ」

思わず衝動的に彼女の手首を掴《つか》んでしまう。

(間違いない)

理想的なフォルムと、三つ並んだほくろ――圭介がずっと探していた手首だ。

「――見つけた、俺のシンデレラ……！」

今まで圭介の内側に蓄積《ちくせき》されてきた想いと情熱があふれ出す。

「っ、な、なんですか……？」

香澄が上擦った声で聞く。それでも圭介は、じっとその手首を見つめた。

けれど数瞬後、彼の手は振り払われる。見ると、彼女が怯《おび》えたように手首を隠し、慌てて後ずさった。

「あのっ、第三会議室にお茶、ですよね!?　今、持っていきますからっ」

そう言い残し、香澄は圭介に背を向けて走り去ってしまった。その背中を見て、圭介はため息をつく。

「怖がらせちゃったか……」

ぼそりと呟《つぶや》いた後、頭を揺らしてクスクスと笑った。

「ごめんな、立花さん――」

――諦めてあげられないんだ。俺はこのために日本に帰ってきたのだから。

圭介は香澄に心でそう語りかけた。


「――香澄ちゃんのこと？　知りたいって何を？」

数日後の終業後。圭介は街田と織田を呼び出した。

店に着き、飲みものが運ばれてくると、街田が中ジョッキを口に運びながら尋ねてくる。

「趣味とか、好きなこととか」

「なんだ碓氷、立花さんのこと気になってるのか？」

「気になっていると言えば、気になってるな」

織田の質問にうなずいた後、圭介は唐揚げをひとくちかじる。

圭介、街田、織田は同期で、研修時代から仲がいい。かつては三人でよく飲みに行っていたが、圭介がアメリカに赴任してからは、日本に出張に来た時に一、二度会ったきりだった。

三人でこうして飲むのは久しぶりだ。

あの日、香澄に時間をもらって事情を説明し、圭介は手首を触らせてほしいと頼んだが、当然のように断られた。

それ以来、幾度となくお願いしてみるものの、やはり断られ続けている。仕方なく圭介は、香澄の友達の彼氏である街田から、彼女攻略のヒントを得ようとしていた。

圭介は躊躇《ためら》わずに自分の性癖と香澄の手首のことを二人に話す。この二人は信頼しているので大丈夫だ。

「お、まえ……ずいぶん急に帰国してきたなぁ、と思ったら、そのためだけに帰ってきたのかよ……っ、すげぇ！　面白ぇ～！」

話を聞いた織田は、呆れた様子で苦笑した後、腹を抱えて大笑いした。彼の性癖自体に対する感情はなく、性癖を満たすためだけに帰国したそのエネルギーを笑っているのだ。

「そういうことかぁ……。まぁ、いいんじゃないか。仕事を早く終わらせるモチベーションになったわけだし。香澄ちゃん、いい子だろ？」

街田もニッコリと笑う。

「うん、あの子はいい子だ。つきあっちゃえばいいのに、碓氷」

織田にそう焚《た》きつけられ、圭介は眉尻を下げた。

「うん、いい子だと思う。けど……俺、あの子に避けられてるんだよ。他の女性社員を刺激しないために、近づいてこないんだとは思うけど、極端すぎるっていうか……。嫌われてはないと信じたいけど、つきあってって言っても多分断られると思う」

「あぁ……それは多分、碓氷が『社内』の『イケメン』だからだよ。香澄ちゃんはそういうやつに極力接触しないようにしてるから」

「あー……そっか、そうだな」

街田と織田が顔を見合わせてうなずき合う。二人が何をもって納得しているのか分からず、圭介は首を傾《かし》げた。

「どういうことだ？」

「まぁそれは……俺らの口からは言えない。碓氷がアメリカ赴任する少し前くらいだったかな。いろいろあってな、香澄ちゃんは社内のイケメンには近づかないんだよ。織田にだって滅多に近づかないし。まぁ課が違うから用事もないんだけど。碓氷自身が嫌いなわけじゃないはずだから許してやって」

「そっか……」

「でも俺は碓氷の味方だ。香澄ちゃんの興味を引く、ひいては信頼を勝ち取る有力な情報を持ってるから、それを提供してあげよう」

街田がつい、と顎《あご》を上げる。

「なんだよ？」

「香澄ちゃん、デビュー当時からのジョアン・マッキーの大ファンなんだ」

その言葉を聞いた瞬間、圭介はカッと目を見開いた。

「……ほんとか？」

「ほんとだよ。ジョアンの来日公演は必ず行ってる。去年のクリスマス公演も律子と一緒に行ってた。できることなら全通《ぜんつう》したいって、いつも言ってるくらいだし、アメリカの公式サイトで売ってるグッズを向こうの知人に頼んでまで買ってるくらいだから、ガチだよ」

ここへ来て、圭介の中で勝算の芽が顔を出した。街田の情報は信頼に値する。そこまでのファンであれば、圭介にできることがあるはずだ。

帰宅後、圭介は裕一郎に連絡を取った。一生のお願いがあると言いきった彼に、兄は笑う。

『圭介がそこまでして僕にお願いしてくるなんて、珍しいな。何？』

「ジョーのサイン入りCDが欲しい」

『なんだ、そんなことか。それくらい本人に言ったらどうだ。圭介のためなら喜んでサインしてくれるぞ？』

「できることなら、本人から直接渡してほしいんだ」

『渡してほしい？　って、誰に？』

「知り合いで、ジョーの大ファンの子がいるんだ」

『彼女か？』

「そうじゃないけど」

『けど？　……超多忙の世界的有名人を日本に呼びつけて引き合わせたい。そう思うほどの子なんだろ？』

電話の向こうから、裕一郎が茶化すような声で尋ねてくる。

「まぁ……うん」

『圭介がそこまで入れ込む女性なら、僕も会ってみたい。ジョーの休みに合わせて、日本に行くよ。どうしても無理なら、サイン入りCDを渡せばいいんだな？』

「うん。無理言ってごめん、兄さん」

『いや、圭介に頼られることなんて滅多にないから、嬉しいよ。ジョーと日本に行けるよう、スケジュール調整してみるな』

「ありがとう」

圭介はこの後、ジョアンにも直接連絡を取って事情を説明した。彼女は声を弾《はず》ませて返事をする。

『ケイスケのお願いなら頑張って聞くわよ！』

ノリノリな彼女に礼を言い、圭介はホッとしつつ電話を切った。

ジョアンが香澄に直接サイン入りCDを手渡したのは、それから三週間近く後のことだ。その日、圭介は初めて香澄の手首に触れることができた。

念願の手首は、圭介には神々《こうごう》しく輝いているように思える。それでいて温かく、どこか淫靡《いんび》な雰囲気をまとっていて、彼にぴったりと寄り添ってくれているような気すらした。

（日本に帰ってきてよかった……）

圭介は心の底からそう思った。

＊＊＊

それから一ヵ月ほどが経った頃。

午後の会議に向けた資料作成を終え、社食で街田と昼食を終えた圭介は、会議の準備をするため廊下を歩いていた。名前も知らない女性社員から話しかけられたが、当たり障《さわ》りのない対応でやりすごす。

そして、所属する第一開発課の少し手前の廊下まで行くと、香澄と織田が立ち話をしていた。何やら内緒話をしているのか、織田が彼女の耳元で何かを言っているのが見える。

(何してるんだ？　織田)

訝《いぶか》しく思って二人を見ていると、織田が一瞬だけこちらに目を向け、突然香澄の手を取って上下に揺らした。

「っ」

その所作はあまりにもわざとらしいものだったけれど、圭介を刺激するには十分だ。

彼は足早に二人に近づく。

「とにかく！　昨日はありがとね！　助かったよ！」

「立花さん！」

織田の台詞《せりふ》を遮《さえぎ》る——その声音はどこか堅い雰囲気をまとってしまった。

「あ。碓氷さん、なんでしょう？」

「午後から工程会議があるんだけど、準備の手伝い、してもらえるかな？」

笑みを湛《たた》えたまま、香澄に尋ねる。同時に、織田の手を彼女から剥《は》がすのも忘れない。

香澄が去った後、ニヤニヤしている織田を圭介は軽く睨《にら》んだ。

「どういうつもりだ？　あんなことしたら目立つから嫌がるんじゃないのか、か……立花さんが」

「いやぁ……なかなか進展なさそうだから、ちょっと刺激を与えてあげようかなぁって」

「何もこんなところでやることないだろ？　時と場所を考えろ」

刺々《とげとげ》しい口調で言うと、織田が少し戸惑《とまど》った様子を見せる。

「んーっとさ、碓氷。おまえ、立花さんを心配してのその態度なわけ？」

「当たり前だろ？　それ以外、何があるんだよ」

「いやー……俺はてっきり、俺が立花さんの手を握ったからヤキモチ焼いてるんだと思ってたわ」

「え……」

思いがけない言葉に、圭介はぱちくりと目を瞬《また》かせる。まったく考えたこともなかった。

（ヤキモチって……え？　今のが？）

「……ひょっとして、今気づいたとか？」

黙り込んだ圭介を見て、織田がくつくつと笑う。そして圭介の肩にポン、と手を置いた。

彼のニヤケ顔は腹が立つが、圭介には言い返す言葉が見当たらない。

「まぁまぁ、よかったじゃないの。今まで気づかなかった感情に気づけたんだから、俺のお陰で」

「……会議の準備があるから」

圭介はふい、と織田に背中を向けて足早にその場を去った。

会議室へ入ると大きく息を吐き、抱えていた資料の束をテーブルに下ろす。すぐに、ドアがノックされ、香澄が入ってきた。

圭介は気持ちを落ち着けながら、会議の準備を頼む。

「あぁごめんね、これホチキス留めしてくれる？」

「分かりました」

二人で会議用の資料を整え、準備していった。香澄は言われた通りの作業を黙々とこなしてくれる。圭介は隣で手を動かしながら、さっきのことを思い出していた。

（ヤキモチ……俺が？）

彼女と織田が親しげに話しているのを見た時、気分がよくなかったのは確かだ。彼が手を握った瞬間は、頭に血が上《のぼ》った。

けれど、圭介は今まで女性がらみのヤキモチを焼いたことがない。

さっき自分の心にじりじりと湧き上がったあの黒ずんだ感情が織田への嫉妬《しっと》だなんて、まさか――

「立花さん、今日空いてる？」

なんだかもやもやした気持ちのまま、圭介は声を出した。

（我ながら冷たい声だったたな……）

香澄に怯《おび》えられてないか心配だったけれど、待ち合わせの約束はできた。

その後、作業をしながら、改めて立花香澄という女性について考えてみる。

これまで何度も一緒に出かけた。一緒にいると楽しいし、肩も凝《こ》らない。居心地もいい。

美味《おい》しいものを食べている彼女の顔は本当に幸せそうで、圭介まで幸せを感じることがあった。

余計なことを他人に言いふらさないし、何事にも謙虚だ。

顔の造りは派手ではないけれど可愛らしい。照れたり笑ったりする表情は、いつまでも見ていたくなった。

桜浜に赴任してきてすぐに抱いた『彼女にするならこんな子がいいな』という気持ちは今でも変わっていない。

そんなことを考えていると、会議の準備が終わる。

圭介は香澄に礼を述べた。彼女が会釈《えしゃく》をして会議室を出ようとする。

香澄が背中を見せるのと同時に、圭介は、彼女が自分以外の男と仲よくしている場面を想像した。

やっぱり不快だ。許しがたい。

「か……立花さん」

「はい？」

呼び止めたはいいが、一体自分が何を言うつもりだったのかわからない。圭介は無言のまま香澄を見つめていた。身動きもせずにいるせいか、彼女が不思議そうに見上げてくる。

「……碓氷、さん？」

戸惑《とまど》いを孕《はら》んだ口調で呼びかけられ、圭介はハッと我に返った。

「……なんでもない。また後で」

かろうじてそう告げると、香澄は心配そうな表情で会議室を後にした。

一人きりになった室内で、圭介は自分の頭をくしゃくしゃとかき乱す。

「そうか……そうだったのか……」

さっき織田に指摘されたことを、今、はっきりと自覚する。初めての感情に困惑しつつも、すっきりする。

(俺はあの子が——)

——その日から、圭介と香澄は恋人同士になった。

＊＊＊

香澄とつきあって数日。意外にも彼女は感情が顔に出るな、と圭介は思っていた。

圭介に対する甘い想いが、その表情からは見て取れる。それがとても可愛らしいと思うし、愛されていることに嬉しくなった。

一方、職場で香澄が他の男性社員から話しかけられたり、出張土産《みやげ》を渡されたりしているのを見ると、気分が悪くなってしまう。

自分も彼女を相当好きなんだろうな、と圭介は笑った。

けれど、そうやってヤキモチを焼く自分が、嫌いではない。

(俺は意外に独占欲が強いんだなぁ)

今まで知らなかった自分の性質だ。

そして、つきあい始めてからちょうど一ヵ月目前。

桜浜駅からほど近いところにある宝石店の前を通った時、圭介はショーウィンドウに飾られていたブレスレットに目を留めた。

それは色とりどりな石があしらわれたビジューブレスレットだ。カラフルな小さい石が多数配置されたそれが、ドロップキャンディのアソートに見え、香澄にぴったりだと感じる。

気がつけば、そのブレスレットをプレゼント用にラッピングしてもらっている自分がいた。

圭介はそれを交際一ヵ月の記念として香澄に贈る。

ブレスレットを彼女の左手首につけると、心の内で燻《くすぶ》っている独占欲が満たされていく。

自分の爛《ただ》れた気持ちに苦笑しつつも、そんな感情の起伏すら新鮮に思えた。

香澄とのつきあいは、新しい自分の発見の連続だ。

彼女といると、ストレスがまったくない。多少の嗜好《しこう》の違いはあるが、お互い譲り合うので上手《うま》くいく。それがすごく心地いい。

身体の相性もかなりいいと思う。

普段はあんなに真面目そうな彼女が、ベッドの上で自分の手により乱れていく様《さま》は、ゾクゾクするほど扇情的《せんじょうてき》だ。ほんのりと薄赤く染まった手首に触れると、心が疼《うず》いてたまらなくなる。喘《あえ》ぐ声も、恍惚《こうこつ》とした表情も、敏感に反応する身体も、すべてが淫猥《いんわい》だ。

何度抱いても飽くことなどなくて、いつまでも腕の中に閉じ込めておきたくなるほど可愛い。

こんなに自分にぴったりと合う女性には、出逢ったことがない。これはもう運命と言っても差《さ》し支《つか》えないと圭介は思った。

職場で交際宣言をしたいのだが、これればかりは香澄が望まないので我慢している。

交際をひた隠しにし、会社では極力彼と距離を置きたがる彼女は、少し極端に感じた。

そして思った通り、それには理由があったのだ。以前、つきあっていた元カレが原因で、職場で嫌がらせをされたことがあるのだと、香澄が話してくれた。

半ばトラウマと化しているようで、絶対にバレたくないと言う。

その話を聞いた時、街田と織田が言っていたのはこのことだったのかと圭介は理解する。そして、そんな彼女の考えを尊重してやりたいと思った。

彼は、職場では『社外に彼女がいる』と公言することにした。

ある日圭介は、香澄が社内で男に絡まれているのを目撃する。

一目見て、その男が、元カレでありトラウマの元凶であることが分かった。

圭介はすぐに香澄を救出する。

男は圭介の同期である高塔だった。

高塔は同期ではあるが、街田や織田のようには気が合わず、必要最低限の会話しか交わしたことがない男だ。研修時代から圭介や織田を敵視していたようで、何かと突っかかってきたため、彼に対しては好意の欠片《かけら》も抱いていない。

香澄がなぜこの男とつきあっていたのか、理解不能だ。

高塔に対する対抗意識と香澄に抱く独占欲から、彼女と二人きりでエレベーターに乗った時、思わずキスをしてしまった。

それは軽くくちびるに触れる程度のものだったので、すぐに何事もなかったように振る舞ったが、香澄にとってはあまりに突然の出来事で、頭がついていかなかったようだ。エレベーターから降りた彼女は、手足の動きがぎくしゃくし、なんだか可愛らしい。圭介は思わず、噴き出してしまった。

（あー……今すぐ押し倒したい）

そんな不埒《ふらち》なことを考えながら、職場に戻る。

この瞬間、圭介は確実に幸せを噛みしめていた。

しかし、その日の終業後――

「碓氷さん！　碓氷さんが立花さんとつきあってるって、ほんとですか⁉」

隣の課の女性からそんなことを聞かれる。一体どこからそんな情報を聞いたのか、内心ギョッとするが、彼はあくまでも平静を装《よそお》った。

「いや、俺の彼女は社外の人ですから」

そう答えたものの、二人のことが一部で噂になっていると気がつく。

（香澄ちゃんが嫌な思いしてなきゃいいけど）

圭介は心配したが、この時すでに彼女に対する嫌がらせは行われていたのだ。

翌日の昼休みに、香澄が同じ課の須永に呼ばれたのを見かける。

須永はかなり積極的に自分に言い寄ってきた女性なので、一連の行動が妙に気になった。

そして、その危惧は的中する。

職場に戻って来た香澄の左手首には、湿布が貼られていた。

圭介は頭に血が上《のぼ》るのを感じたが、ここで過激な言動を周囲に見せるわけにはいかない。今すぐ香澄のもとへ駆けつけたい衝動を堪《こら》え、黙々と仕事をこなした。

内心やきもきしつつ定時を迎える。

すぐさま香澄に連絡を取り、待ち合わせした。離席直前に仕事を頼まれ会社を出るのが少し遅くなってしまったが、なんとか女性の誘いをかわし北名吉駅へ向かう。

いつもの場所で、香澄は痛々しい左腕を隠すようにして立っていた。

二人で彼女のアパートへ向かう。今日はデリバリーのピザか寿司で、夕飯を済ませようと考えていた。

でもその前にはっきりさせておきたいことがある。

とりあえず部屋へ着いてから――圭介はそう思っていたが、アパートに到着する直前に、香澄が口を開く。

「碓氷さん、今日は何か急な用事でもあったんですか？」

「え？」

「だって、帰り際に待ち合わせの誘いなんて、珍しいですよね」

確かに定時後に急に彼女を誘うなど、ここ最近はなかった。つきあう前なら、北名吉で待ち伏せをしたこともあったが……

圭介は素直に、香澄の左手首の包帯について尋ねる。声に憤《いきどお》りが混じっていることに、自分でも気がついた。

彼女は転んで捻挫《ねんざ》をしたと答えた。けれど、何かを隠していることは態度で分かる。

嫌がらせをされているのだろうと、圭介は怒りが湧いた。

刺々《とげとげ》しい感情とは裏腹に、彼女の手首には優しく触れる。

「――よりによって、香澄ちゃんの手首にケガを負わせるなんて……！」

しかしその言葉を聞いた瞬間、香澄の顔色が悪くなる。黙り込んだまま、圭介の顔を見なくなった。

心配になって声をかけると、信じたくない言葉が放たれる。

「碓氷さんとはもう、おつきあいできません」

（え……!?）

一瞬、何を言われているのか、頭が理解するのを拒む。

香澄は泣きそうな顔で、圭介は香澄の手首だけを好きなんだとか、アメリカにいる理想の女性に嫉妬《しっと》してしまうのだとか、自分の手首にまで嫉妬《しっと》してしまうんだとか、並べ立てた。

そして――

「――こんな卑屈な女、碓氷さんにはふさわしくないです」

絞り出すようにそう言って、涙をこぼした。

(何を言ってるんだ……?)

いや、そんなことより早く伝えなければ。彼女が言っていることはすべて誤解だ、と。

それなのに、彼女の全身から自分を拒否するオーラがビリビリと感じられ、言葉を口にすることができない。

少しして、香澄を包む尖った空気がフッと軽くなる。見ると、彼女は笑っていた。そして、涙にまみれた笑顔でこう言ったのだ。

「――今まですごく楽しかったし、幸せでした……ありがとうございました」

＊＊＊

「――碓氷くん、久しぶりだね。こっちに帰ってくると思ったら、研究所に行っちゃうんだもん、びっくりしたよ」

「ご無沙汰しています。すみません、いろいろありまして」

翌日、圭介は本社へ出張に行った。

少し寝不足気味だったけれど、仕事に差《さ》し支《つか》えない程度なので助かっている。

昨夜、あれからすぐに香澄にメッセージや電話を入れたが、案の定、ブロックされていた。

一刻も早く誤解を解きたいのはやまやまだが、今は何を言っても無駄だろう。本社へ出張なのをいいことに、圭介は頭を冷やしてアプローチの方法を考えた。

本社へ着くや否や、昔の上司に恨みごとめいたことを言われても、気にも留まらない。

「碓氷おまえ、帰ってくるなり彼女できたんだってな。こっちにも噂が伝わってきたぞ」

渡米前に一緒の部署にいた同僚も、からかってくる。

「帰ってくるなりじゃないよ。一ヵ月くらいは経ってる」

「いやー、そんなの誤差だろ、誤差」

会議の合間にそんな会話をしたが、頭の中は香澄のことでいっぱいだった。

そんなふうに会議を終え、圭介が本社を出ようとしたところ、ちょっとした事件が起こる。会議に出席していた社員が一人、突然倒れたのだ。

どうやら彼は、熱を押して会議に出ていたらしい。

その場にいた圭介と同僚は、彼を支えて社内の診療所へ連れていった。

幸いにも、その社員はただの風邪だと診断される。二人は安心して病室を出ようとした。けれど、圭介だけ医師に呼び止められる。

「君、碓氷さん……だったよね。確か三年くらい前に、彼みたいに運び込まれてきた。その顔、見覚えあるなぁ」

「あ……はい」

医師は圭介を覚えていたらしい。

圭介は当時のことについてお礼を述べた後、なぜ自分のことを覚えているのか尋ねた。

「だって、君みたいな大きな男性を、華奢《きゃしゃ》な女性が一人で連れてきたんだ。大変そうで、印象に残ったんだよ」

「え……」

圭介は目を瞬《また》かせた。医師の言葉により、彼の中で何かが開きかける。

「あの先生、その時の女性について、何か覚えていませんでしょうか？」

「え、もしかして君、覚えてないの？」

「あれから熱がしばらく下がらなかったんで、記憶があいまいなんです。自分がどうやってここに運ばれたのかすら、覚えてなくて……。もしその女性の名前とかが分かれば、今からでもお礼を言いたいんですが、教えてもらえませんか？」

神妙な気持ちで圭介が尋ねると、医師は天を仰いで唸《うな》った。

「うーん……多分、本社の子じゃない気がする。……当時の問診票、残ってるから探してみる？　君自身のものなら見せても問題ないだろうし」

　圭介は厚意に甘えることにした。

　医師が看護師に指示し、三年前の問診票を探してくれる。書類はきれいに分類されて保管されていたので、目当てのものはすぐに見つかった。

「あったあった、これだ。……ほら」

　医師から少しよれた一枚の紙を渡され、圭介は目を通した。

「っ、これ……」

　患者氏名欄の横に『回答者』欄があり、『代理』というところにチェックがしてある。そして、そこに書かれていた名前は――

「立花、香澄……」

　香澄の名前が彼女の字で書かれていた。

　頭を殴られたような衝撃が圭介に走る。真実にたどり着いた彼は、目をカッと見開いた。

「あれは、夢じゃなかったのか……」

「立花さん、そういえばそんな名前だったかな。あの時、もう一人患者さんがいて、そっちにかかりきりになっちゃってね。その間、彼女が碓氷さんについててくれたんだよ」

医師の言葉が右から左へ流れていく。

あの手首の持ち主が香澄だったことに本当に驚いた。それに、すごく嬉しくもある。

（やっぱり運命だったんだな）

圭介は改めて、香澄をこの手に取り戻そうと決意した。

興味を抱くきっかけは手首だったかもしれないが、好きになったのは彼女自身なのだ。

それをきちんと伝えなければならない。

明日、どうにかして時間を取ってもらわなければ——圭介は医師に挨拶をし、病院を後にした。


圭介は本社から直接自宅に帰った。少しして、宅配便が届く。

本当は数日前に届いていたのだが、あいにく留守にしていたのだ。ようやく今日、受け取った。

「兄貴……日本に来てたのか」

荷物は裕一郎からだ。住所はいつも日本で使っているホテルのものになっているので、出張の折に送ってくれたのだろう。

開封してみると、ギフトラッピングされた箱が入っており、その上に封筒が一通と、カードが入っている。

『圭介へ。このプレゼントは香澄さん宛《あて》だから開封しないで、封筒と一緒に彼女に渡してくれ、とジョーに頼まれた。この間あげたCDの感想を香澄さんがレコード会社にメールで送ってくれたらしい。そのお礼だそうだ。中身は洋服で、会社に着ていけそうなものを選んだとジョーは言っていた。よろしくな。裕一郎』

カードにはそう書かれていた。

封筒にはジョアンの字で、香澄の名前が書かれている。

圭介の心は、ほんのり温かくなった。

香澄のことだから、きっと丁寧な感想をジョアンに送ったのだろう。そういう律儀なところも好きだ。

圭介はスマートフォンを取り出し、裕一郎に電話をする。

「荷物受け取った。近い内に渡しておくから」

『圭介、香澄さんとつきあい始めたんだよな?』

「まぁ……うん」

香澄との交際が始まった頃、裕一郎にはそれを報告しておいた。しかし今、そのつきあいに危機が訪れている最中だとは言えず、とりあえず肯定だけしておく。

『ジョーがな、圭介と香澄さんがつきあっているなら、香澄さんと直接やりとりしたいから、連絡先を教えておいてくれと言ってる。……いいんだよな? ジョー』

裕一郎が電話の向こうでジョアンに確認をした。彼女は彼のそばにいたようで、何やらやりとりが聞こえた後、電話に出てくる。

『ハイ、ケイスケ！　カスミは元気かしら？』

そう甲高《かんだか》い英語が聞こえてきた。

香澄に伝える連絡先の確認をした後、突然尋ねられる。

『……ところでケイスケ、カスミにちゃんと毎日「好き」って言ってる？』

「っ」

ジョアンからその質問を投げかけられた刹那《せつな》、圭介は固まった。言葉が出てこない。

「あ、あぁ……えっと……ないかもしれない」

『はぁ!?　ないって「好き」って言ったことがない、ってこと!?』

「う、うん……」

電話の向こうからジョアンの激昂した声が聞こえた。

『エスパーじゃないんだから、言わなくても伝わる、なんて思ったらダメよ！　ちゃんと愛してることを伝えてあげなくちゃ!!』

「わ、分かったから、あまり大声出さないで、ジョー」

『オウ、ノー！　なんてことなの！　私の弟がそんな怠《なま》け者だったなんて信じられない!!　ユウはね、一日十回は私にアイラブユーって言ってくれるんだから！』

電話の向こうから裕一郎がジョアンをなだめる声がした。

『圭介だってちゃんと反省してるよ、子どもじゃないんだし。――ごめん圭介、とりあえずもう電話切るから。香澄さんにちゃんと気持ちを伝えなきゃダメだぞ』

裕一郎が早口でそう告げ、電話を切った。圭介もスマートフォンをテーブルに置く。

そしてソファに座ったまままうなだれ、大きくため息をついた。

（そっか、このせいだったか……）

香澄が自分に愛想を尽かした最大の原因を、ようやく把握する。

圭介は生まれてこのかた、自《みずか》ら女性に告白した経験がただの一度もなかった。いつも女性のほうから近づいてきてくれるからだ。『好きだ』という言葉すら、ほとんど口にしたことがない。

その経験のなさが、ここへ来て大きく響いた。

毎日香澄を見る度に『可愛い』『好きだ』と心の中で呟《つぶや》いていたのに。

『好き』というたった二文字の言葉を、彼女に伝えた覚えはまったくない。

伝える、という考えに至らなかったのだ。

（二十九歳にもなって、女の子を泣かせて……何をやってるんだ、俺は……っ）

圭介は頭をかきむしった。しばらく自分を責め続け、バッと顔を上げる。そして、ブルブルとかぶりを振った。

「――とにかく、明日だ。絶対に取り戻すから……香澄」

＊＊＊

翌朝。圭介が出勤すると香澄はもう出社していた。けれど彼女は、圭介のことをまったく見ない。視線をチラリとも寄越さなかった。何より、顔色が悪いし体調があまりよくなさそうだ。

（香澄、つらそうだな……）

自分のせいだということは分かっている。けれど無理やりどうこうするわけにはいかず、圭介は機会をうかがった。

午前中は自分も彼女も忙《せわ》しなく動き回る。昼休みは、彼女はずっと自席にいて、昼食を取る様子はなかった。

午後になり、香澄は部長に頼まれて書類倉庫へファイルを取りにいく。あそこなら、まず人が来ない。二人きりになれるチャンスかもしれない――圭介は香澄が席を外した後、頃合いを見計らって彼女の後を追いかけ倉庫へ向かった。

（まずは謝って、それから自分の気持ちをすべて伝える）

よし、と気合を入れ、扉をノックする。けれど、いつまで待っても返事はない。

嫌な予感がして扉を開けると、棚と棚の間に、誰かが倒れているのが見えた。周囲にはファイルや書類が散らばっている。

確認するまでもない、香澄だ。

「香澄!!」

駆け寄って、圭介は彼女を抱き起こした。

熱はなさそうだが、目を覚まさない。

彼はすぐに彼女を抱き上げて書類倉庫を出る。

医務室は五階だ。エレベーターまで行くと、そこにいた社員にボタンを押すよう頼む。

すぐに来たエレベーターには誰も乗っていなかったが、途中で知った顔が乗ってきた。

名前は覚えていないが、確か圭介にアプローチしてきた女性社員だ。

彼女は圭介を見るなりギョッとして、恐る恐るといった様子で尋ねてきた。

「あの、碓氷さん……? どうした……んですか?」

「具合が悪そうなので、医務室へ連れていくところです」

「その人……」

彼女は未だ目を覚まさない香澄を訝《いぶか》しげに見る。

「――あぁ、僕の大切な人です」

圭介はニッコリと笑って答えた。

それからすれ違う人に聞かれる度に、香澄を大切な人だと答える。彼が医務室に着く時には、かなりの人数の社員に二人の関係を話していた。

「……君には悪いけど、これが正解だと思うんだ」

圭介はベッドに横たわる香澄の頬をそっと撫《な》で、小声で告げる。

そして医師に彼女を任せて、圭介は一旦部署へ戻った。

第一開発課ではすでに二人の仲についての話が広まっているらしく、何人もの社員が香澄とのことを尋ねてくる。もちろん圭介は、二人が恋人同士であることを宣言した。

課内はザワザワした雰囲気のまま、就業時間が過ぎる。定時のチャイムが鳴るのと同時に、圭介は須永から呼び出された。

「須永さん……だっけ、何かな」

会議室に入った彼は、わずかに冷えた口調で切り出す。彼女と会っていた後、香澄が手首を捻挫《ねんざ》しているのを見たので警戒せざるを得ない。

「碓氷さん、立花さんとつきあってるってほんとですか？」

予想通りの質問を投げかけられる。圭介は用意していた言葉をきっぱりと答えた。

「そうだけど、それが何か？」

すると、目の前に立つ彼女は、ガバリと深く頭を下げた。

「すみませんでした！」

「え？」

いきなり大きな声で謝罪され、圭介は拍子抜けする。

「私……立花さんにケガをさせてしまいました。そんなつもりはなかったんですけど、でも、私のせいです」

その声音からは、心の底からの後悔が伝わってくる。

「信じてもらえないかもしれないですが、私、立花さんのことを尊敬してるんです。でも、碓氷さんのことが好きだったので、お二人のことを知りついカッとなってしまって……。ほんとにすみませんでした」

「それ、僕じゃなくて本人に言ってあげてほしいな」

圭介は穏《おだ》やかな口調で須永にそう告げた。

「それはちゃんと分かってます。立花さんの体調がよくなったら、ちゃんと謝るつもりです。でも、碓氷さんにどうしても言いたいことがあって……」

「何？」

一体これ以上、何を言われるのかと、彼は首を傾《かし》げる。須永が手にしていた一枚の紙を差し出してきた。

「このことなんです」

どうやらシアトルで発行されている社内報の一ページのようだ。圭介がインタビューを受けた記事だった。

「あぁ……これ」

「そこに理想の女性のことが書かれてますが、立花さん、その人のことをすごく気にしてると思うんです。私がこれを見せてしまったせいなんですが……。だから、私がこんなこと言うのはすごくおこがましいと分かってはいるんですけど、碓氷さんからちゃんとフォローしてあげてほしいんです」

圭介はきょとんとする。須永の口からそんなことを聞くとは、予想もしていなかった。

「この記事に載ってる『理想の女性』って、香澄のことだよ」

「え、そうなんですか⁉」

圭介が笑みを浮かべて言うと、須永は目を見開いて驚いた。けれどすぐに表情を緩《ゆる》め、ホッとしたように笑う。

「よかった……」

ごくごく小さく呟《つぶや》かれたその言葉を、圭介の耳はちゃんと捉えていた。

「須永さん、いい子だね」

素直に伝えると、彼女はくしゃりと顔を歪《ゆが》めた後、苦笑いする。

「今頃気づいても遅いですから。……今度、碓氷さんのお友達を紹介してください」

「それなら任せて」

圭介は自信ありげに笑った。

＊＊＊

「――はっきり言って、俺のお陰だと思うんだよね」

織田の発言に、圭介は眉根を寄せた。

香澄との仲を無事に修復した日から何日か経った終業後。圭介は幸せのおすそ分けとばかりに、街田と織田を飲みに誘っていた。

三人で店に入り、料理が出るとさっそく話し始める。

「何がだよ？」

「だからぁ、碓氷が自分の気持ちに気づいたのって、俺がハッパかけてやったからだろ？」

「そうだったっけ？」

図星を指されてなんだか悔しいので、圭介はとぼけてみせる。

「おまえが日本に出張に来た時、お茶出してくれたのが研究開発部の庶務さんだって教えてやったのも俺だし」

「っと、そうだ！　それが香澄だって前から知ってたって言ってたよな！　織田も街田も人が悪すぎるぞ」

　主介の理想の手首の持ち主が香澄であることに以前から気づいていたと、街田に告白されたのは少し前のことだ。そして、織田もそのことを知っていたらしい。

「内緒にしておこう、って言ったのは街田だぜ？　俺は教えてやったほうがいいんじゃないか、って言ったのにぃ」

　織田がとぼけたことを言うと、街田が目を大きくして言い返した。

「俺が内緒にしておこうって言ったら、喜んでたくせに」

「二人とも似たり寄ったりだ。趣味が悪いにもほどがある」

「まぁまぁ、よりドラマチックな展開になってよかったろ、碓氷」

「街田……おまえは心底ドSだな」

　主介が責める視線を送ると、街田は肩をすくめた。傍《かたわ》らの織田は、ジョッキに三分の一ほど残っていたビールを飲み干した後、からかうように言う。

「それにしても、碓氷って案外まぬけだよな。助けてくれた立花さんを『夢』扱いしてさ。んで結局はその本人を好きになってんだろ？」

「っ、それについては否定できないからつらい」

　うなだれる主介の肩を、街田がポンポンと叩く。

「終わりよければすべてよしだよ、碓氷。な？　織田」

「ま、二人が今幸せならな」

「おまえたちにそれを言われると複雑な気分になる……」

釈然としない気分で、圭介は呟《つぶや》いた。


「——律子も知ってたらしいですからね」

週末、香澄が遊びに来たので、圭介は織田たちの話をした。

「ほんと、あの二人はくせ者なんだから」

クスクスと香澄が笑っている。幸せにとろけているその表情を見ていると、圭介は自分まで幸せな気持ちになった。

「織田も含めて、あのくせ者たちのお陰でもあるからなぁ……今の俺たちがあるのは」

「そうですね。あ、そういえば、律子たち、披露宴の場所、決めたそうですよ。私たちを隣同士の席にしてくれるみたいです」

ソファの隣に座る香澄が、本当に嬉しそうに話してくる。友人の朗報を自分のことのように喜べる、そんな素直なところも好きだな、と圭介は思った。

「へぇ、ようやく決まったのか。香澄はスピーチ頼まれてるんだっけ」

「えへへ、そうなんです。今から緊張しちゃいます」

「じゃあ、俺たちの時は街田夫妻にスピーチしてもらおうか」

「え!?」

弾《はじ》かれたように顔を上げた彼女に、そっとくちづける。

「――言ったろ？　『ずっとずっと仲よくしよう』って」

「……はい」

彼は彼女の左手を取り、今度は手首にキスをした。

「指輪とペアで婚約ブレスレットを贈る、というのもいいな。……どう思う？」

くちびるをそこにつけたまま尋ねると、香澄はやれやれ、といった様子で笑う。

そして――

「もう、圭介さんの好きにしてください」

手首を彼に委《ゆだ》ねたまま、柔らかで温かい声音でそう言ったのだった。

書き下ろし番外編

Love is never without jealousy.

～恋に嫉妬《しっと》はつきもの～

その日、碓氷圭介は機嫌が悪かった。

「立花さん、これお土産《みやげ》です」

「わ！　これ福岡の有名なお菓子ですよね。しかも詰め合わせにしてくれたんですか～。いつも本当にありがとうございます」

「こちらこそ、立花さんにはいつもお世話になっているので、そのお礼です」

立花香澄は、庶務担当として部内の社員にかなり好かれている。その仕事は丁寧で、隅々まで気を配り、取るに足らない用事でも嫌な顔一つせず引き受けてくれ、全員に平等に接しているからだ。

今も、九州出張から帰ってきた女性社員が、個人的にお土産《みやげ》を渡している。しかも香澄が詰め合わせが好きなのを、よく知った上で選んだものだ。

そして大半の部員が同じようなセレクトをする。「いつもありがとうございます、立花さん」というひとことを添えてそれを渡すのだ。

香澄が皆に庶務として敬《うやま》われている証拠だ。

それはとても誇らしいことだと思っている。自慢の恋人だ。

しかし――

「香澄、これ明日でいいからみんなに配っておいて」

「分かりました。いつものメイプルシロップクッキー？　美味《おい》しいよね、これ」

「あと、香澄にはこれ」

「私にも毎回ありがとう。あ、でもみんなに配るやつと違うメーカーのクッキーじゃない？　初めて見た」

「向こうの有名なお菓子メーカーが、最近リニューアルしたやつらしい。味がよくなったって聞いたから、香澄に試食してもらおうかと思って。しかもほら、これクリーム部分に何種類か違うやつが入ってる。詰め合わせみたいな感じだろ？」

「わ、珍しい。じゃあ後で感想伝えるね。ありがとう」

「……」

残業中の圭介は、仲がよさそうに小声で談笑する二人を島の端から苦々しく睨《にら》みつけ……もとい、見つめる。

カナダから月に一度こちらに出張でやってくるらしいいい男――峯岸《みねぎし》は、海堂エレクトロニクス・バンクーバー研究所に所属しているエンジニアだ。

らしい、というのは、圭介が彼の姿を見るのはこれが初めてだからだ。シアトルから桜浜に移って半年だが、彼もまた出張であちこちに行くので、すれ違っていたのだろう。今まで峯岸の存在すら知らなかったのだ。

見た目は熊みたいに大柄でがっちりしている。特徴的な耳の形を見るに、おそらく柔道経験者だ。

体つきには威圧感があるのに、顔は優しく、おっとりとした雰囲気を醸《かも》し出しているので、圭介は峯岸のことを秘かに『冬ごもり熊』と呼んでいる。

冬眠に入る前に腹ごしらえをすっかり済ませた、狩猟本能が鈍った熊だ。

実際の熊は満腹でも生き物を襲うことはあるので、まぁ、ものの たとえでしかないのだが。

割とイケメンなその男は、やたらめったら香澄に馴れ馴れしいのだ。

しかも就業時間中には敬語でやりとりしているのに、終業のチャイムが鳴ると親しげに話しかけてくる。それがわざとらしく見えるし、余計に腹立たしい。

圭介は知らなかったのだが、峯岸が桜浜に来る時にはいつも、彼女に個人的な土産《みやげ》を渡しているらしい。

――それはほとんどの部員にも、言えることであるが。

(それにしたって、馴れ馴れしいにもほどがあるだろう)

なぜ、名前で呼ぶ？

なぜ、名前で呼ばせて平気でいられる？

イライラは募るばかり。

自分はこんなにも嫉妬《しっと》深い男だっただろうか。以前織田にヤキモチを焼いた時には、指摘されるまで自覚はまったくなかったが、今回ははっきりと自分の中であふれる刺々《とげとげ》しい感情を認識している。

香澄は社内の男――特にイケメンにアレルギーがあった。以前、社内恋愛をしていた男に、ひどい扱いを受けたせいだ。

そのため、圭介も香澄に近づくのに苦労した。自分の中の誠実さを総動員してアプローチをしたつもりだったが、結局圭介も香澄の元カレと変わらない馬鹿野郎だった。

そのため一度は振られてしまったが、なんとかハッピーエンドを迎えたというのに。

月に一度しか姿を現さない男に、大切な恋人を取られてたまるか。

圭介はぐっと握り込んだ己《おのれ》のこぶしを見つめた。


「――峯岸さん？　って、バンクーバーの？」

いきつけのステーキハウスで、圭介の同期・織田尚弥が片眉を上げた。

「そう……あの人って、何者なんだ？」

「あぁ、あの人は……」

織田は小刻みにうなずきながらナイフで牛肉を切っていたが、はたと止まった。

「何？　問題でもある男なのか？」

身を乗り出す圭介に、織田が呆れたように言う。

「……碓氷おまえ、知らないんだ？」

「月に一度しか来ない社員のことなんて、知るわけないだろ？」

圭介がムッとした表情で姿勢を戻し、ローストチキンを頬張る。

「うわ、なんかピリピリしてるな、碓氷。……峯岸さん、立花さんと仲いいもんなぁ……」

織田がニヤニヤニヤニヤと口元を緩《ゆる》ませながら、圭介をからかう。

「いいから教えろよ」

「――街田に聞けよ」

さんざんもったいぶっておきながら、出てきた答えがこれだ。

圭介は鋭い薄目で、呆れたような声を上げる。

「は？」

「街田なら知ってるだろ。情報通だし」

「おまえも知ってるんだろ？　教えてくれればいいのに」

「いや──……俺はそんなに知ってるってわけじゃないから」

いかにも芝居がかった仕草で織田が首を傾《かし》げたので、圭介はイライラした。

「もったいぶるな」

「いやぁ、嫉妬《しっと》の味を覚えた男は、堪《こら》え性《しょう》がないねぇ。もっと妬《や》けよ、周囲を焼き尽くせ。あー楽しい」

くつくつと笑いを殺した織田を、圭介は殴ってやりたいとさえ思った。

結局その日は答えを得られず、翌日、もう一人の同期に舵《かじ》を切った。

「──なるほど、峯岸さんのことが知りたいんだ？　碓氷」

すっきりした面差《おもざ》しの中で光る瞳は、圭介の様子を余さず捉えている。

街田は織田が言うように、社内の情報にはかなり精通している。その量と精度には圭介も感心するほどだ。

他人の一挙手一投足《いっきょしゅいっとうそく》を常に観察しているがゆえのスキルなのだろうか。

圭介は社食に向かう街田を捕まえ、窓際のカウンターに並んで昼食を取っている。

織田に聞いたのと同じ質問を、街田に投げかけた。

「街田なら当然知ってるよな？」

「うーん……」

街田は口元を押さえながら考え込み、そして絞り出すように答えた。

「……本人に聞いたらどうかなぁ」

「！　まさか峯岸さん本人にか？」

予想もしていなかった答えだ。なんという提案をするのだと、圭介が目を剥《む》く。

「いや、そうじゃなくて。香澄ちゃんだよ。碓氷は、香澄ちゃんと峯岸さんの関係を知りたいんだよね？　なら香澄ちゃんに聞けばいいんだよ」

「それができればとっくにしてるよ。……なんだよ、織田も街田も。どうして教えてくれないんだ」

圭介は憤《いきどお》りを隠さない表情で、ため息をついた。

「……碓氷が嫉妬《しっと》で身悶《みもだ》える姿を見たいからじゃないかな？」

「他人事みたいに言うな」

涼しげに微笑む街田が、心底怖いと思った圭介だった。

歯がゆい思いを抱えたまま終業を迎えた圭介は、一人で会社を出た。香澄は用事があるようで、すでに退社している。

香澄とつきあっていることを公言してからはだいぶ減ったものの、未だに誘ってくる女性社員はいる。もちろん、そんな誘いははっきりと断る。

なんとなくそのまま帰りたくなくて、ふらりと駅前のショッピングモールに立ち寄った。

「え……香澄……？」

思わず我が目を疑う。

化粧品メーカーのカウンターで、香澄と峯岸が並んでいるではないか。

楽しげに何かを選んでいるのが見える。

「嘘だろ……」

圭介にとってはかなり衝撃的なシチュエーションだ。泣きっ面《つら》に蜂《はち》とでも言うべきか。

呆然と立ち尽くしていると、二人は買うものを決めたらしく、店員を呼んで何やら指示をする。

嫌な予感が全身を苛《さいな》んできたが、かぶりを振ってもやもやを追い出す。

（いや、香澄は浮気なんかする子じゃない。何か事情があるんだ）

自分にそう言い聞かせるものの、目の前で繰り広げられている光景は、知らない人から見れば完全にデートにしか見えないだろう。

胸の奥で渦巻くどす黒い感情が無数の針となって、圭介の内部からちくちくと突き刺してくる。

自分の中に、こんなにも醜《みにく》い一面があるなんて知らなかった。その反面、自分はこんなにも香澄のことを愛しているのだと実感した。

香澄に限って自分を裏切るわけがないと分かってはいるのに、嫉妬《しっと》と不安を禁じ得ない。

（別れたくない）

そう強く願ってしまうのだ。

「明日だ……明日、香澄に聞こう」

明日は香澄との約束がある。その時に問いただすと決めた。

＊＊＊

待ち合わせは北名吉駅前にあるカフェ。アプリでコーヒーの無料券をもらったが、うっかり忘れていて有効期限が迫っているので使いたいらしい。

そこで話をすることになるのだろうかと、圭介の心臓は忙《せわ》しない鼓動を刻んでいるが、とにもかくにも会わなければ始まらない。

店に入りコーヒーを注文する。レジは混んでいなかったので、ほどなくカップを手渡された。

店の中を眺めれば、奥の方にある四人掛けのテーブル席に香澄がいた。刹那《せつな》――

「……は？」

なんと、香澄の前には峯岸が座っていた。

一体何が起こっているというんだ？　――圭介の脳みそが理解することを拒否している。

（まさか別れ話とかじゃないよな？）

最悪なパターンを想定してしまった自分の思考回路が憎い。しかしこのまま逃げ出すわけにもいかないので、足を叱咤《しった》してなんとか二人に近づく。

「あ、圭介さん。こっち」

圭介に気づいた香澄は一点の曇りもない表情で、こちらに手を振った。

「か、すみ……」

香澄を見て、それからちらりと峯岸を見る。彼はにこにこ笑っている。穏やかな雰囲気は相変わらずで、やはり冬ごもりの熊だ。

訝《いぶか》しげな圭介を見て、香澄が苦笑する。

「やっぱり圭介さん、知らなかったんだね。ごめん、私、教えたつもりになってた」

「何が……？」

首を傾《かし》げると、香澄が「とりあえず座って」と、自分の隣を指した。

隣に座らせてくれるのか——そんなことを思ってしまうほど、弱気になっている自分が嫌だ。

「えっと……？」

一体何が始まるのだと、圭介はそわそわする。

「圭介さん、紹介するね。……こちら、私の兄です」

「……は？」

一瞬、何を言われているのか分からなかった。そんな圭介に、香澄は念を押すようにもう一度言う。

「峯岸さんは、正真正銘、私の血のつながった兄なの」

香澄と峯岸を交互に見れば、峯岸は立ち上がる。

「いつも妹がお世話になっています。峯岸清澄《きよすみ》です」

「え？　でも、名字……」

兄だと言われて真っ先に思ったのがこれだ。名字が同じなら兄妹だと気づいたかもしれないが、立花と峯岸でまさか身内だなんて思わない。

「これも圭介さんに言ってなかったかな……。うちの両親、私が小さい頃に離婚してるの。それで私は母に、兄は父に引き取られて。今は双方再婚してるから、私は立花姓になったけど、小さな頃は峯岸香澄だったの」

「そうだったのか？」

香澄に弟がいるのは知っていたが、母親の再婚後に生まれた異父弟なんだそうだ。兄がいるというのは初耳だった。

「ちなみに『キヨスミ』の『スミ』の字は私の香澄と同じ字」

聞けば、父母の離婚後、峯岸は父の仕事の関係で渡米したそうだ。さらに父は向こうで現地の企業に転職したため、ほとんど永住のような状態になっているという。

「お兄ちゃん、実は元々アメリカ生まれなの。一度目の駐在の時に生まれて、三歳で帰国した後に日本で私が生まれて。だからお兄ちゃんはアメリカ国籍を持ってるから、向こうで現地採用になった後、バンクーバーに転勤になったの。うちの職場の人たちはほとんどみんな、日本からカナダに転勤したんだって思い込んでるけど」

「そうだったのか……」

「実はアメリカのシアトルで現地採用されたんですよ、俺」

「え……っ」

峯岸の突然の言葉に、圭介は驚く。シアトルには自分もいたからだ。しかし峯岸のことはまったく知らなかった。

「碓氷さんが赴任してきた時にはもう、俺はバンクーバーにいたから知らなかったと思いますけど、ちょくちょくシアトルにも出張に行っていたから、碓氷さんのことは知っていました。日本からめちゃくちゃイケメンが来た、って有名でしたし、実際、姿も見たことありましたから」

「そうなんですか？　すみません、俺、全然知りませんでした」

香澄が兄と同じ系列の会社に入社したのは、まったくの偶然だったそうだ。

小さい頃に別れた上に兄がアメリカ暮らしになったせいか、あまり交流はなかった。兄が中学生だった頃は帰国するたびに顔を合わせていたが、高校生になってからはなかなか会うこともなく。メールのやりとりもほぼなかったせいか、香澄は兄の職場を知らなかったし、峯岸もまた妹が海堂エレクトロニクスに入社したことを知らなかったらしい。

だから社内でばったり再会した時、そこが廊下にもかかわらず大きな声を上げてしまったという。その騒ぎが元で、二人が兄妹であると職場に知れ渡った。

それ以来、峯岸が出張でこちらに赴《おもむ》くたびに、食事に行ったりしているそうだ。

峯岸は久しぶりに会った妹を、それはそれは可愛がり、プレゼントやお土産《みやげ》を度々渡すのだそう。

メイプルシロップクッキーも、香澄が大好きだと言ったので毎回買ってくるようになった。

「職場ではちゃんと敬語で接しなきゃと思うんだけど、定時後とか、気が抜けるとうっかり普段のような言葉遣いになっちゃって。それで圭介さん、誤解しちゃったのよね、ごめんね。ほぼみんなが私たちのこと知ってるけど、よりによって圭介さんが知らないとは思わなかった。昨日、街田さんから連絡が来て『そろそろ碓氷が嫉妬《しっと》の炎で丸焦《まるこ》げになりそうだから、本当のことを教えてやって』って言われたの」

「街田が？」

「そう。織田さんも街田さんも、圭介さんが悶々としてるのが面白くて、何も言わずに見てたけど、さすがに可哀想になってきた、って……」

「……あいつら、相変わらず趣味が悪いにもほどがある」

圭介の顔が若干凶悪になってきたので、香澄が慌ててフォローしてきた。

「街田さんたちを責めないであげて。私が悪かったの。お兄ちゃんが日本に来た日にでも、圭介さんに紹介しておけばよかったんだから……」

「いや、香澄のせいじゃないよ。俺が嫉妬《しっと》しすぎたせいだ」

本当に、自分でもコントロールできないほどの妬心《としん》のせいで、昨夜はよく眠れなかったくらいだ。

「ふふ、寝不足の圭介さんには悪いけど、ヤキモチ焼いてくれるの、嬉しい」

香澄がふわふわ幸せそうなのを見て、圭介もホッとする。

黙って見ていた峯岸も、どこか安心したように香澄の頭を撫《な》でた。

「こんなイケメンに愛されててよかったな、香澄」

「ありがとう、お兄ちゃん」

三人はそれから十五分ほど談笑をした。主に峯岸の質問に圭介が答えるような形だった。おそらく妹とつきあっている男に探りを入れていたのだろう。

最後には「香澄をよろしくお願いします」と言い残し、峯岸は帰っていった。明日帰国するため、スケジュールが詰まっているそうだ。

「忙しいのに、なんだか悪かったな、峯岸さんに」

カフェの前で別れた後、圭介の希望でそのまま香澄の部屋に向かいながら、峯岸の話を続ける。

「気にしないで。お兄ちゃんも圭介さんとは話をしたかったみたいだから」

香澄が圭介とつきあっていると打ち明けた時、峯岸はかなり驚いていたらしい。シアトルで有名だった日本人駐在員と自分の妹が交際しているとは、想像もしていなかった、と。

「そういえば、昨日モールのコスメ売り場に二人でいるのを見たけど……」

香澄と峯岸が一緒に出かけることに変な意味がないのはもう分かっているが、どうしても聞きたかった。

「あぁ、圭介さんいたんだ？　あれはね、お兄ちゃんの奥さんにお土産《みやげ》選んでたの。奥さん、日本のコスメ大好きなんだって」

「なるほど。それで香澄が一緒に選んであげてたのか。……そっか、そういうことだったか……」

「お兄ちゃんの奥さん、日系カナダ人なの」

そう言われてみれば、峯岸の左の薬指にはプラチナの指輪がはめられていたなと、圭介は思い出した。

「はぁ……」

圭介の心身から一気に力が抜けた。安堵《あんど》と疲れで、大きなため息が出る。

「ほんとにごめんね、圭介さん。誤解させちゃって」

「俺こそごめん。……香澄が浮気しているとはまったく思っていなかったけど、それでも不安だったから、織田と街田には醜態《しゅうたい》を晒《さら》してしまった」

「へぇ……圭介さんがそこまで私を好きでいてくれてるとは、思わなかったなぁ」

香澄がとぼけた口調でからかってくる。

「何言ってるんだよ、めちゃくちゃ好きに決まってるだろ」

「ん……私もめちゃくちゃ好き」

香澄が照れたようにこちらを見上げてくる仕草が、たまらなく好きだ。

自分だけを見つめてくれているのがよく分かるから。

好きだから嫉妬《しっと》もするし、視線を独占したくもなる。

ここまでいろんな感情をかき立ててくれるのは、後にも先にも香澄だけだ。

「香澄」

「ん？」

「新婚旅行……カナダに行こうか」

圭介が囁《ささや》くように尋ねると、香澄ははにかんだ笑みで「うん」とうなずいたのだった。

本書は、2019 年 2 月当社より単行本「Sweet kiss Secret love」として刊行されたものに、
書き下ろしを加えて文庫化したものです。

この作品に対する皆様のご意見・ご感想をお待ちしております。

おハガキ・お手紙は以下の宛先にお送りください。

【宛先】

〒 150-6008 東京都渋谷区恵比寿 4-20-3 恵比寿ｶﾞｰﾃﾞﾝﾌﾟﾚｲｽﾀﾜｰ 8F
（株）アルファポリス　書籍感想係

メールフォームでのご意見・ご感想は右のＱＲコードから、
あるいは以下のワードで検索をかけてください。

アルファポリス　書籍の感想　検索

ご感想はこちらから

エタニティ文庫

極上《ごくじょう》エリートに身《み》も心《こころ》も絆《ほだ》されています

沢渡《さわたり》奈《な》々《な》子《こ》

2022年11月15日初版発行

文庫編集－熊澤菜々子
編集長 －倉持真理
発行者 －梶本雄介
発行所 －株式会社アルファポリス
〒150-6008 東京都渋谷区恵比寿4-20-3 恵比寿ｶﾞｰﾃﾞﾝﾌﾟﾚｲｽﾀﾜｰ8F
TEL 03-6277-1601（営業）　03-6277-1602（編集）
URL https://www.alphapolis.co.jp/
発売元－株式会社星雲社（共同出版社・流通責任出版社）
〒112-0005 東京都文京区水道1-3-30
TEL 03-3868-3275
装丁イラスト－蜂不二子
装丁デザイン－ansyyqdesign
印刷－中央精版印刷株式会社

価格はカバーに表示されてあります。

落丁乱丁の場合はアルファポリスまでご連絡ください。

送料は小社負担でお取り替えします。


ISBN978-4-434-31135-2 C0193